DÉVORER MON OMBRE

AOUATIF ROBERT

DÉVORER MON OMBRE

roman

*À mes parents,
et pour Cédric.*

« Je t'écris ces quelques mots
Mais faut pas que tu t'inquiètes […]
Je vais rester seul avec mes os
Heureux enfin de pouvoir être
Bête comme j'étais avant
Dans le ventre de maman […]
Bête à dévorer mon ombre... »

Bête, comme j'étais avant (Miossec)

*« L'apparence n'est rien ;
c'est au fond du cœur qu'est la plaie. »*

Euripide

J'ai treize ans depuis hier. Je m'appelle Damien. J'ai un Q.I. de 149. Maman m'a offert un clébard pour mon anniversaire. En apercevant l'animal étendu dans le panier, j'ai eu envie de les rouer tous les deux de coups. J'ai voulu leur cracher dessus. Je n'aime pas les bêtes, encombrantes, indécemment avides de caresses. J'ai laissé le Cavalier King Charles s'approcher et me lécher la main, maman m'embrasser. J'ai pensé à ce proverbe polonais qui considère l'amour maternel comme le plus grand amour, venant ensuite celui d'un chien. Beurk. De nouveau aux frontières de moi-même, je lutte pour ne pas franchir la limite, pour ne pas dégueuler ma colère et mon mal-être.

Les yeux de maman pétillaient à l'idée de la joie qu'elle pensait me procurer. Papa m'a tendu, emballé dans un papier argenté, un gros livre sur les volcans. Je l'avais déjà consulté à la bibliothèque, mais je n'ai rien dit. Papa avait l'air si heureux. Je ne doutais pas du temps qu'il avait passé à la librairie, hésitant entre plusieurs ouvrages et optant pour les plus belles photos. Maman m'a regardé manger mes lasagnes, elle m'a resservi avec satisfaction. J'ai aussi eu droit à mon gâteau préféré, un Trianon.

Mes parents ont toujours l'air bizarre le jour de mon anniversaire. Ils sont nés une deuxième fois, me disent-ils, à ma venue au monde. Comme les années précédentes, ils m'ont regardé avec tendresse et mélancolie. Maman a longtemps gardé la main posée sur le médaillon suspendu à son cou, deux cœurs entrelacés renfermant une photo.

Le cabot est resté planté devant la table. On aurait pu croire qu'il était empaillé s'il ne roulait pas ses billes vitreuses vers moi, à espérer de la nourriture ou un câlin. Il n'a rien eu. Ravie, ma mère m'a fait remarquer qu'il semblait comprendre que j'étais son maître. « Est-ce que je savais quel nom j'allais lui donner ? » J'ai réprimé un haussement d'épaules, hoché la tête pour dire non et repoussé le clébard du pied, ni vu ni connu.

Maman a raconté son coup de foudre, trois semaines auparavant, dans une animalerie de la rue du Pont Neuf. Toutes ces adorables boules de poils dans des cages de verre, et ce chiot auquel elle n'a pas su résister. En la voyant, il a lâché le jouet de plastique qu'il mordillait pour se tourner vers elle. Ce n'est pas elle qui l'avait choisi, c'est lui. Son récit m'a rappelé un documentaire sur l'aventure d'un couple qui, après de longues années de démarches administratives, s'est rendu au Vietnam pour y adopter un nouveau-né. Là, dans la nurserie de l'orphelinat, la bonne femme avait été happée par le regard bridé d'un poupon chétif. Ils se sont reconnus, elle la mère, lui l'enfant. Idem pour le clebs et ma génitrice.

Maman a continué son histoire avec l'achat du panier et des croquettes, qu'elle avait pris soin de cacher pour ne pas me gâcher la surprise. Elle a détaillé le toilettage de la bestiole, la mise à jour de ses vaccins. Au total, mes parents avaient déboursé une petite fortune. Quand on aime, on ne compte sans doute pas. Tous les gosses rêvent d'un animal de compagnie, a conclu ma mère. Le chien trône désormais dans notre salon parmi la table en verre fumé, le canapé en cuir et le kilim aux teintes chaudes. Il ne manquait qu'un toutou, vautré sur son coussin de velours, à ce confort bourgeois. Maman m'a observé avec un sourire béat souffler mes bougies.

Elle m'a porté plusieurs mois dans son ventre, elle a souffert des heures avant de pouvoir m'en expulser, mais elle ne me connaît pas. Je ne supporte plus la ferveur avec laquelle elle répète qu'elle sera toujours là pour déchiffrer mes peines et m'en consoler. Elle est si prévenante, si aimante. Papa ne vaut pas mieux. Il est fier de son garçon surdoué, lui qui a eu sa licence de droit de justesse. Et immanquablement leurs yeux qui se mouillent en lisant sur mes copies les commentaires exaltés des professeurs, lorsque leur petit génie rapporte son carnet de notes à la maison. Et moi, partagé entre l'envie de rire et de hurler. Je suis tout sauf un livre ouvert.

Je devrais ne pas leur en tenir rigueur, admettre

une fois pour toutes que je suis différent d'eux. Mon quotient intellectuel me place au-dessus du commun des mortels. Depuis aussi longtemps que je m'en souvienne, je constate la médiocrité des autres. Je venais d'entrer en moyenne section de maternelle quand la directrice a suggéré à mes parents de me faire passer des tests d'évaluation. L'institutrice s'étonnait de mes capacités d'apprentissage comme de ma maturité. À quatre ans, je savais lire. Les occupations des mômes de mon âge, leur fascination pour les mots *pipi* et *caca* me rebutaient. Nous n'en étions de toute évidence pas au même stade de développement cérébral. Dès lors, je me suis senti seul au monde.

Souvent je m'entichais d'un écolier pour ne plus le lâcher. Le matin, aussitôt franchi le portail de l'établissement, je partais en quête de l'élu. L'heure des parents venue, je m'en séparais avec difficulté. Puis, sans raison apparente, l'enfant perdait grâce à mes yeux. Je m'attachais trop vite et trop fort pour ne ressentir bientôt qu'indifférence ou rancœur. Le gamin, qui n'avait rien demandé, ne comprenait ni mes humeurs ni pourquoi il cessait d'un coup d'exister pour moi. À l'inverse, je me sentais abandonné lorsque l'objet de mon emballement me délaissait pour un autre élève ou des jeux de récréation. Vertigineux, le vide ressenti me donnait l'impression de perdre pied. Des larmes déferlant le long de mes joues, je me cachais dans un coin et décidais de ne plus parler à personne. Je me coupais du groupe pour m'enfermer dans ma bulle.

Mes parents m'ont donc conduit chez un pédopsychologue. Monsieur Trucmuche avait d'épaisses moustaches blanches en broussaille et était formé pour estimer ma matière grise. Les murs de son bureau étaient couverts de gribouillages colorés, de photos d'animaux et d'un portrait d'Einstein tirant la langue. J'en suis sorti diagnostiqué précoce. De retour chez nous, maman et papa se sont retirés dans la cuisine pour discuter. La gêne avec laquelle ils m'ont examiné durant le dîner demeure aujourd'hui encore bien nette dans ma mémoire. Leur fils, cet étranger. Ils paraissaient fuir mon regard, décontenancés par les conclusions du test.

C'était quelques semaines avant Noël et mon anniversaire. Je me souviens des illuminations dans les rues et de l'immense sapin rapporté à la maison, comme une sorte de trophée sylvestre en hommage à mon Q.I. élevé. Monsieur Trucmuche s'était focalisé sur mon intelligence et n'avait rien perçu de mon trouble de la personnalité en germe. Mon état borderline ne devait pas davantage être décelé par ses confrères, ni par qui que ce soit. Pourtant le malaise qui m'envahissait devenait de plus en plus précis et percutant. Je ne trouvais pas ma place. J'étais mal dans ma peau, qui n'était ni celle d'un enfant ni celle d'un adulte. Très tôt, j'ai eu le sentiment d'être éclaté en plusieurs morceaux.

Voué à être un individu supérieur, j'ai vite été conforté dans l'idée que les gosses n'étaient que des attardés bruyants, et les adultes des imbéciles pour la plupart. Mes parents n'échappent pas au lot, ni l'un ni l'autre ne croulent sous le poids de leur cerveau. Maman est employée au département des ressources humaines des Galeries Lafayette, Papa est chargé de mission à la mairie de Paris. Ils sont de braves gens hélas limités. Comme mes grands-parents, mes oncles et tantes ou cousins, ils sont intimidés face à moi. Je les déroute.

À la rentrée de janvier, peu après mes cinq ans, on m'a fait passer en CP. Pendant les récrés, je m'isolais pour griffonner sur un carnet coincé contre la ceinture de mon pantalon. Je listais les phrases ou comportements de ceux qui m'entouraient. Jamais un enseignant ni quiconque n'a découvert mes notes, ces lignes disloquées jetées sur le papier comme autant de bouteilles à la mer. En classe, je finissais mes exercices le premier mais ne cherchais pas à répondre aux questions posées par l'institutrice. Je veillais à ne pas être le chouchou. Je préférais laisser errer mon esprit, être ailleurs. En avance sur le programme, je savais additionner et soustraire sans la moindre difficulté. J'intriguais l'équipe pédagogique, déconcertée par mes aptitudes. À l'école primaire Georges Brassens, nul n'ignorait qui j'étais.

L'année suivante, je suis directement passé en CE2. Vers la Toussaint, le directeur de l'établissement a convoqué mes parents. Suite à un nouveau bilan, il leur a expliqué que mon niveau de compréhension et d'analyse surpassait de nouveau celui de mes camarades. On me trouvait cependant effacé. La psy scolaire m'a reçu pour discuter de mes activités préférées, de mes relations avec les gamins et mes parents. Durant cet interrogatoire qui se voulait subtil, j'ai compris qu'il me fallait dissimuler qui je suis. Elle n'a rien soupçonné de ma pensée en arborescence. Depuis, je m'applique à laisser croire que je ressemble aux autres poissons du bocal. Feindre d'être l'un des leurs, n'avoir l'air de rien. Personne ne doit découvrir mon absence d'empathie et d'intérêt pour autrui. Je suis hors radar.

Après ces entretiens psychopédagogiques, on a décidé de me mettre en CM1 au retour des vacances d'hiver. Selon les adultes qui s'interrogeaient sur mon sort, mon assurance me rendait apte à m'intégrer à un groupe d'enfants de trois ans mes aînés. En effet, j'allais supporter d'être considéré par certains comme une bête curieuse. D'aussi loin que je me souvienne, j'ai été en décalage avec ceux de ma classe, ne me sentant pas avec eux, mais à distance. Ma solitude me convient, même si elle me pèse parfois à me griffer jusqu'au sang.

Le CM2 m'a permis de côtoyer les mêmes écoliers durant une année complète. J'ai pu mesurer combien leur évolution sur dix mois était minime. La boîte crânienne de ces diplômés en pâté de sable avait le potentiel d'expansion d'un pois chiche. Au collège, rebelote. Je ne suis resté qu'un trimestre en sixième avant de rejoindre les élèves de cinquième. Sans avoir lié d'amitié, passant de prof insignifiant en prof désabusé, j'ai eu mon brevet avec un score record. Directement admis au lycée en classe de première économique et sociale, je n'ai pas fait mon année de seconde. Au fil de mon parcours, j'ai accumulé les excellents résultats et les appréciations élogieuses, j'ai suscité la curiosité des élèves comme leur jalousie. Depuis cinq mois, je suis en terminale ES. J'ai treize ans et un jour, je passe mon bac en juin.

Je garde de ma petite enfance des images dignes d'un téléfilm pour ménagères. Les promenades au bois, les glissades sur les toboggans, les vacances à la plage et à la montagne, les baisers du soir de ma mère, l'enthousiasme de mon père lorsque j'ai réussi à faire du vélo sans les roulettes. Les albums-photos et les vidéos que papa et maman regardent durant les réunions de famille immortalisent ces années. J'affichais de larges sourires au lieu des grimaces que j'aurais voulu, à tous, leur jeter à la figure. Il s'agissait d'incarner la joie et l'innocence, de paraître tour à tour charmant ou quelconque.

À ma naissance, maman a contracté une infection utérine et n'a jamais pu retomber enceinte. Je suis son trésor, son fils adoré. Elle n'a eu de cesse de me couvrir de caresses, de m'envelopper de tendresse. Et puis j'ai grandi, j'ai fini par faire sa taille jusqu'à la dépasser d'une tête. Elle ne vient plus me border dans mon lit, elle a renoncé à me savonner le dos, à me couver, mais me défendrait bec et ongles contre la terre entière s'il le fallait. Maman et son orgueil de m'avoir porté dans ses entrailles. Nul ne saurait la convaincre que je ne suis pas la merveille qu'elle imagine. Elle m'a donné la vie, elle donnerait sans hésiter la sienne pour moi.

Aujourd'hui adolescent, les robots téléguidés et les premiers pas en rollers me semblent d'un autre siècle. Mes jouets bazardés, je me suis consacré aux civilisations antiques, à l'astronomie, à la photo, et cætera. Je passe des heures sur mon ordinateur, surfant de site en site. Chaque semaine, je serpente à travers les rayons de la médiathèque de mon quartier et en ressors avec un chariot de course rempli de bouquins, de musiques classiques ou du monde, de films inconnus du grand public. Bombardé de questions et d'idées, toujours branché, mon cerveau zappe d'un centre d'intérêt à un autre sans être jamais repu.

    Rentrée après rentrée, j'ai laissé mes camarades graviter autour de moi sans jamais avoir de véritable copain. À ces minus suspendus aux jupes de leur mère ou à leurs petites voitures, j'ai fait croire que nous étions proches. Je n'ai sciemment pas échappé au cortège des fringues et jeux vidéo en vogue, je suis incollable en la matière. Je m'efforce de leur ressembler, de donner le change. À première vue, je suis ordinaire. J'ai tantôt porté la paire de baskets dernier cri tantôt la mèche sur le côté arborée par les collégiens et lycéens dans le vent. Je participe au sketch du conformisme, à la parade des apparences. Je me mêle au plus grand nombre pour demeurer caché dans le ventre du cheval de Troie. Mes recherches sur les personnes dites à haut potentiel m'ont convaincu de ma stratégie. À avoir dix longueurs d'avance sur tout le monde, on devient vite « L'Albatros ».

Je me sais totalement étranger à l'univers qui m'entoure, incompris, mais je choisis l'exil intérieur plutôt que la mise en quarantaine. Seulement une infime partie de ce que je suis est visible, je suis un iceberg. Je refuse d'être de la race des inadaptés et des exclus. Je ne serai pas un canard boiteux.

Ce matin, avant de partir en cours, il a fallu que je sorte le chien. Il remuait la queue tandis que je lui mettais son collier et ouvrais la porte d'entrée. J'ai eu envie de tout casser, de commettre un meurtre. Ca-ni-cide, treize points au scrabble. Maman s'est penchée à la fenêtre avec un grand sourire pour me faire coucou. Cadeau d'anniversaire pourri. Elle présume sans doute que je jubile de devoir emmener l'animal faire sa crotte après avoir vidé mon bol de céréales au chocolat. Son offrande excrémentielle faite au boulevard Vincent Auriol, le Cavalier King Charles est retourné croupir dans son panier. J'ai filé prendre le métro.

L'an dernier, nous avons déménagé de la rue Lecourbe pour le treizième arrondissement. Grâce à une demande de dérogation acceptée par l'inspection d'académie de Paris, je continue d'aller au lycée Buffon. Mon parcours hors norme et les recommandations dithyrambiques des professeurs l'ont emporté sur la sectorisation. Mes parents aiment à penser que grande prépa et solides débouchés découleront de ce passage dans l'un des bahuts les mieux côtés de la capitale. À moi le dessus du panier. Habitant entre le parc de Bercy et le Chinatown parisien, je bouquine durant mon trajet sur la ligne 6 en direction du quinzième, mon casque audio sur les oreilles.

Il y a trois ans, mamie Martine a laissé papa orphelin et légataire d'un gros chèque. Papy nous avait quittés l'année précédente. Mon père a beaucoup pleuré avant de s'apaiser en voulant croire qu'ils s'étaient retrouvés au ciel. Le bel héritage a permis d'acheter un appartement avec double séjour dans le sud-est parisien. Ma nouvelle chambre est plus grande, je n'y ai remis aucune des photos décrochées des murs lors du déménagement. Loin de mes souvenirs d'enfance et de la vue sur la tour Montparnasse, je découvre un nouvel arrondissement à mi-chemin entre classe populaire et bobos.

En cours d'anglais, j'écoute vaguement les commentaires grammaticaux du prof. Il me faut trouver un stratagème pour me débarrasser du cabot, sa laisse ne saurait m'enchaîner à lui. Je ne suis pas comme notre ancienne voisine qui tenait son bichon pour un membre de sa famille. Lorsqu'il a clamsé d'un cancer du côlon, la mémère a dispersé ses cendres dans le parc de Bercy où il aimait marquer son territoire. Malgré ses visites à divers proctologues, l'octogénaire demeurait convaincue d'avoir développé la même tumeur que son cher Gucci. Ni son compte bancaire bien garni ni ses amies du club de bridge n'apaisaient son chagrin.

Un rire gras me ramène en classe. De sa voix rauque, le prof rappelle à l'ordre Guillaume. Le brêle, dont la langue est plus rapide que la cervelle, fait silence sans sourciller. Les fayots du premier rang agitent leur doigt pour prendre la parole. Les sportifs attendent la pause pour aller courir après un ballon. Les branchouilles, raccordés au smartphone posé sur leurs genoux, sont sur Facebook. Leur mobile oublié chez eux ou déchargé, c'est le drame, ils souffrent alors du syndrome du membre fantôme. Cette cohorte de boutonneux et de caleçons dépassant du jean slim ou troué constituent mon quotidien de lycéen.

Pour les filles, il y a le choix entre la godiche qui paraît avoir débarqué de province en calèche et la demoiselle à la page, amatrice de chanteurs anglophones mi-romantiques mi-voyous. Ces dernières sont armées d'un rouge à lèvres qu'elles dégainent à tout bout de champ. Plus préoccupées par leur look que par leurs notes, elles tentent cependant de sauver leur moyenne trimestrielle en opérant de grotesques rapprochements avec les bonnes élèves. D'ordinaire ignorées, heureuses de s'acoquiner avec les midinettes, les studieuses lycéennes frétillent de joie en dispensant des cours de rattrapage.

Depuis un banc sous les arcades de pierre, j'observe pendant la récré les simagrées des belles du bahut et de leurs prétendants. Je relève l'instinct grégaire et les tendances vestimentaires de cette bande de macaques. Oies blanches, pisseuses, frimeurs, intellos à lunettes, sportifs, pignoufs en tout genre. Les attroupements devant les salles de classe en attendant l'arrivée des profs offrent aussi leur lot de pépites. Des tragédies shakespeariennes, de la philosophie de haut vol à l'instar des messages griffonnés dans les chiottes du réfectoire.

À la rentrée, tous n'avaient parlé que du renvoi du cantinier, accusé d'avoir fait du gringue à une redoublante de seconde. Le sujet clos, il a laissé place à de nouveaux bruits de couloir. Surpris en pleine partie de jambes en l'air dans les vestiaires du gymnase, un couple fait désormais la une. Bâti comme une sucette, le type a été surnommé Chupa Chups. La fille aux longs cheveux décolorés a été baptisée Barbie. Espèce en voie d'évolution, l'ado est un cas d'étude comme un autre. L'échantillon qui s'agite sous mes yeux a tourné le dos à ses peluches pour se construire une réputation.

Nombre d'élèves ont un blog. *Jeracontemavie.fr* rivalise avec *mesparentsmesoulent.com*. Tous sont inscrits sur des réseaux sociaux qu'ils inondent de photos et d'anecdotes sans intérêt. Ils ont la trouille de ne pas compter et multiplient les efforts pour se faire remarquer. Se croyant drôles ou originaux, ils postent des vidéos sur YouTube et s'enorgueillissent du nombre de vues croissant. Leur unique ambition est d'exister sur la toile, ils rêvent de faire le buzz. Contrairement à eux, je tiens à ne pas me démarquer. Sans information personnelle, mon compte sous le pseudo de « Demain », anagramme de mon prénom, mot de passe « trouduc75 », me permet de garder le contact avec ces débiles et de ne pas être hors-jeu.

Atika alterne entre la lolita et la jeune fille sage, elle combine les tenues et les copines fashion avec les heures passées à la bibliothèque. Elle a dix-sept ans et demi, est en terminale littéraire. On se voit presque chaque jour depuis deux mois, depuis que je l'ai aperçue au centre de documentation et d'information. Elle lisait *La Princesse de Clèves*, je venais peaufiner un exposé d'histoire. Je l'ai observée, concentrée sur son roman. Ses jambes fines, ses grands yeux et sa crinière brune lui tombant dans le dos. Une bouteille d'eau aromatisée à la fraise devant elle, sa sacoche et son duffle-coat posés sur la chaise voisine.

Quand la sonnerie a retenti, elle a refermé son bouquin et c'est là qu'elle m'a vu. J'ai continué à la dévisager, elle a rougi et ébauché un sourire avant de rassembler ses affaires. Elle s'en est allée en entortillant une mèche de cheveux autour de son doigt. Je l'ai attendue, le lendemain, à la sortie de son dernier cours du matin, pour l'emmener déjeuner dans une sandwicherie du quartier. Le jour suivant, je l'embrassais. J'ai agi vite pour ne pas trop gamberger. Même si je n'en ai rien montré, la pensée de me faire rembarrer m'a collé des sueurs froides.

Atika est une belle gosse, sa bouche contre la mienne m'a électrisé. J'ai une petite amie. Pourvu qu'elle ne me jette pas.

Ça y est, j'ai trouvé un nom au Cavalier King Charles ! Ce sera Rantanplan, comme dans *Lucky Luke*. C'est parfait car il n'a rien à envier au chien le plus stupide du far west. Il me dégoûte avec sa langue pendante, à renifler l'arrière-train de ses congénères. J'ai beau lui hurler dessus, le menacer d'une chaussure, il ne bronche pas et me fixe avec la même gueule abrutie. Lorsque je rentre à la maison, je le trouve derrière la porte à m'attendre. Il me suit partout dans l'appartement en cherchant à me lécher les doigts et jouer avec moi. Je préfère crever plutôt que saisir la balle en caoutchouc qu'il m'apporte entre ses mâchoires baveuses.

Que je l'ignore ou le brutalise, Rantanplan demeure docile à mes pieds ou à guetter un signe favorable depuis son panier. Il semble avoir résolu de m'aimer. Un chien masochiste, c'est bien ma veine.

Maman a beau s'extasier devant ses cabrioles,

papa se réjouir du fait qu'il n'aboie jamais, je ne me fais pas à sa présence. Lui s'habitue à sa nouvelle maison, la mienne. Il cumule les bêtises. On retrouve des rouleaux de papier hygiénique déchiquetés, des pipis çà et là, la poubelle renversée. Souvent, j'imagine le catapulter du deuxième étage. Une fenêtre ouverte et hop, le chien ferait une chute fatale. Un accident est si vite arrivé. Je n'ai pas de frère dans les pattes, ce n'est pas pour avoir un clébard. Je suis résolu à agir d'ici la fin du mois. Adieu cabot, attache, déjections.

Du calme ! crie la prof de physique d'une voix stridente. Occupés à comparer leur copie avec celle du voisin plutôt qu'à écouter les corrections, les élèves la ferment illico. Avec ses sourcils aussi épais que des brosses à dents et sa natte qui se balance de droite à gauche, on croirait madame Lachaud échappée d'un asile d'aliénés. Elle s'acharne sur le tableau, le couvrant avec fébrilité de formules et de schémas. Une main munie d'une craie, l'autre d'une éponge, elle écrit et nettoie quasi simultanément. Il s'agit de venir à bout du programme et d'être fin prêt pour le bac, nous répète-t-elle depuis septembre.

La prof s'emploie à remplir chaque parcelle du panneau en ardoise. Du rouge à lèvres sur les dents, elle semble mue par des fils transparents tel un pantin hyperactif. J'essaie d'imaginer son quotidien en dehors de l'école. Un mari doux comme un agneau, des enfants férus de sciences ou une solitude peuplée de revues avec pour seule compagnie un gros chat ronronnant près de la cheminée ? En réalité, sa vie m'intéresse autant que l'extinction de la moule perlière du Morvan.

Le cours de physique terminé, les cahiers et stylos remballés, la salle se vide. Direction le deuxième étage et le laboratoire de langue où les paires se forment. Mathias relève le menton lorsque je le rejoins, son visage n'exprime rien de particulier. Avec lui, je me fais l'effet d'être l'homme invisible. Il est le seul à ne m'avoir jamais posé de question sur mon Q.I., sur mes quatre années de classe sautées. Il parle peu, ne se mêle à aucun groupe et reste à rêvasser dans son coin pendant les récréations. Il lui arrive de manquer l'école durant plusieurs jours. Ce garçon m'intrigue.

On met nos casques, et un extrait de *Don Quijote de la Mancha* envahit nos oreilles. Mathias est tourné vers la fenêtre et mordille son crayon à papier. Les écouteurs raccrochés, il s'agit de répondre à un questionnaire sur l'œuvre de Cervantès. Sans échanger un mot, Mathias et moi nous penchons à tour de rôle sur le document. J'aime ce silence, ce dialogue muet. L'exercice fini, les feuilles passent de table en table jusqu'au bureau de monsieur Turron. Mathias jette un œil à sa montre et commence à ranger ses affaires.

Après-demain, le prof d'espagnol nous rendra nos travaux corrigés durant son trajet entre la gare des Aubrais et la gare d'Austerlitz. Le mois dernier, tandis que certains prétextaient des pannes de réveil pour justifier leurs retards réguliers, il nous a traités d'ingrats privilégiés. Dans certains pays, au lever du jour, les enfants marchent parfois plus d'une heure pour rejoindre leur école et, ceux qui ont la chance de recevoir de l'instruction, en sont conscients et reconnaissants. Lui, cinq jours par semaine, prend le train pour Paris depuis Orléans d'où il peut veiller sur ses parents vieillissants. Tel un coup d'épée dans l'eau, les paroles de monsieur Turron ont été suivies de ricanements. Désormais, le prof refuse les retardataires qui doivent se signaler auprès du directeur. Aujourd'hui, il n'y a pas eu d'absent.

Dès que l'occasion se présente, pour un exposé ou des recherches à réaliser à deux, Mathias et moi faisons équipe. Les consignes énoncées, on se regarde d'un air entendu. Mathias est studieux, nous obtenons ensemble d'excellents résultats. Les autres nous trouvent louches. Mon partenaire n'ouvre jamais la bouche et moi je m'exprimerais comme un livre, selon la formule de ces veaux que mon lexique impressionne. Leurs commentaires m'amusent et attisent mon intérêt pour Mathias. Il est vrai que nous formons un drôle de tandem, l'handicapé social et le surdoué.

Bien que cela fasse presque un semestre que l'on

se fréquente, Mathias reste pour moi un mystère. À l'inverse des fanfarons du lycée si prompts à déballer leur vie dans une étourdissante incontinence verbale, lui est adepte du monosyllabe. Malgré ses disparitions répétées, c'est un bon élément. Après avoir manqué plusieurs jours de classe, il revient et reprend le train en marche. Bien qu'il ne me l'ait pas demandé, je lui donne mes notes à recopier. Il les accepte avec un sourire. L'asociabilité comme l'intelligence de Mathias me conviennent et piquent ma curiosité. À l'écart de tous, il me ressemble un peu. Il est à part, il ne cherche pas à entrer dans la danse.

Après la physique et l'espagnol, la matinée s'achève par le passage à la cantine. Betteraves à la vinaigrette, poisson bouilli et purée rustique, fromage et compote de fruits. Pour ne pas changer, c'est dégueu. J'avale quelques bouchées puis déguerpis. Loin du brouhaha, seul dans une salle de classe laissée ouverte, je sors un paquet de biscuits et un magazine de mon sac. Atika doit poireauter dans la cour où nous devions nous retrouver. Tant pis. Je n'ai pas envie de la voir, elle m'ennuie ferme avec son caquetage ces derniers temps. Son obsession à être constamment avec moi me barbe, elle est devenue un vrai pot de colle. Plus elle cherche à me plaire et s'accroche, plus elle en veut, moins je lui en donne. Elle me fatigue avec son amour.

    L'après-midi passe vite. Deux heures d'économie et autant d'histoire-géo. Je rentre chez moi, une interro de droit social à préparer. Après avoir bousculé le chien venu se frotter contre mes jambes, je me pose dans ma chambre avec une canette de soda. Je devine l'animal immobile, derrière la porte, impatient d'aller faire sa promenade. Maman n'aura qu'à s'en charger à son retour. C'est elle qui, petite fille rêvait d'un toutou, pas moi. Ce cadeau canin, égocentrisme maquillé en générosité, est consternant. Ça me rappelle quand mon père, aux aguets de nouveaux gadgets technologiques, a offert une montre connectée à maman pour leur anniversaire de mariage. Au lieu des effusions de gratitude espérées par papa, elle a affiché une bobine déçue. Le lendemain, elle a reçu des boucles d'oreilles.

La radio allumée, je me plonge dans mes bouquins. Mon père rentre et me trouve à faire mes devoirs, il propose de sortir Rantanplan. *Oui, merci papa, je veux bien.* Il referme ma porte sans un bruit. J'entends celle de l'entrée qui s'ouvre et le Cavalier King Charles qui jappe, tout joyeux de quitter l'appartement pour aller souiller les rues du quartier. Comme si je me dédoublais, je me vois fracasser le chiot. Je secoue la tête pour chasser ces images et mon autre moi-même, cet obscur ennemi intime.

C'est mercredi. L'horloge à projection lumineuse affiche quatre heures sur la tapisserie couleur taupe de ma chambre. Teinte tendance qui convient à une piaule d'ado, selon maman, devenue experte en design d'intérieur par le biais d'émissions télé. Grâce à l'avalanche de programmes dédiés à la cuisine et à la décoration, la ménagère de moins de cinquante ans voit son champ de vision élargi à 360 degrés. Ne se contentant plus du film qui fait chouiner dans les chaumières, elle apprend à régaler sa famille et à l'installer dans un confort paré d'objets et de coloris en harmonie.

Je file à la cuisine servir deux parts de tarte aux pommes dans des petites assiettes. Ponctuelle, Atika sonne à la porte. Elle ôte son trench et ses bottines avant de me suivre. Assis sur mon plumard, on attaque notre goûter à même nos genoux. Atika tire de son sac une page de journal qu'elle me donne avec enthousiasme, savourant à l'avance le plaisir que me fera la lecture de sa trouvaille. Hier, dans la salle d'attente du dentiste, elle est tombée sur un texte comme je les apprécie.

L'article, intitulé « Main dans la main pour toujours », raconte l'histoire d'un type qui découvre sa femme morte en rentrant le soir à son domicile. Étendue sur le sol de la salle de bain, elle porte un peignoir et les cheveux relevés en chignon. Sa tenue pour le bureau pliée sur une chaise à proximité, elle a ainsi passé la journée après s'être brisé la nuque en glissant sur le carrelage. À sa vue, pris d'un violent accès de désespoir, le mari lui coupe une main. Plus tard, d'une voix sereine, il confie aux policiers qu'il a vécu trente ans, main dans la main, avec sa compagne sans jamais se quereller. Alors il a refusé l'idée de la solitude, il l'a mutilée pour qu'elle ne cesse pas d'être près de lui, ses doigts entremêlés aux siens.

J'ai déjà collecté une centaine de récits de ce genre. Abracadabrants, stupéfiants de bêtise ou de médiocrité, suintants de sentimentalisme ou de méchanceté, ces faits divers me captivent. Ils édifient ma *Comédie humaine*. Atika a le flair pour dénicher des perles. Grande amatrice de journaux féminins, elle y repère des morceaux de premier choix. L'intérêt porté par ma future bachelière à ces torchons me sidère. Elle les parcourt d'abord à la hâte, tournant les feuilles avec exaltation, s'attardant sur une photo ou un titre avant de lire l'horoscope avec attention. Puis elle reprend son magazine depuis le début pour s'en imprégner, en dévorer chaque ligne, en digérer chaque phrase.

Boulimique de comédies romantiques, alléchée par la presse à scandale et néanmoins mordue de littérature classique, Atika me laisse dubitatif. Les femmes seraient-elles condamnées par leurs hormones aux frivolités et les hommes voués à vibrer pour des sports extrêmes ? Atika voudrait croire que la vie ressemble aux séries TV qui ont bercé son enfance, mais traque pour mon compte les misères et perversions ordinaires bien loin de *La petite maison dans la prairie*.

Pour venir chez moi, Atika a dû servir un bobard à sa mère. Maghrébins, musulmans, ses parents la surveillent de près. Ils se veulent modernes, intégrés, mais tiennent à ce que leur fille respecte les principes dans lesquels ils ont été élevés. Atika s'habille comme n'importe quelle lycéenne, possède un arc-en-ciel de fards à paillettes, va au cinéma, passe la nuit chez des copines. Cependant, ils n'envisagent pas qu'elle perde son temps, se perde avec un garçon. Alors elle reste une jeune fille sérieuse aux yeux de ses proches, soucieuse de ses études, a priori comblée par l'affection des siens. À défaut de m'avoir fait pénétrer dans sa chambre, elle m'a envoyé des photos d'elle sur son lit, *Le Baiser* de Klimt en arrière-plan.

Je sais Atika déboussolée, écartelée entre son besoin d'émancipation et ses freins culturels, entre son désir de loyauté envers sa famille et ce qu'elle veut vivre avec moi. Amoureuse, elle a l'impression de trahir sa religion, de renier ses traditions. Ancrés à leurs conventions, ses parents la contraignent à dissimuler, à une double vie. Vis-à-vis de moi ou de ses amies, elle n'assume ni leur mentalité moyen-âgeuse ni leur obsession du qu'en-dira-t-on. De peur sans doute que je ne tienne ses parents pour des arriérés ou que je la considère comme soumise, elle tait sa bataille intérieure. Elle refuse de m'en parler, à moi l'objet de son péché.

L'embarras se lit sur son visage lorsque je l'interroge sur sa vie de famille. Plus Atika est mal à l'aise, plus j'insiste. Qu'elle se sente en faute m'exaspère autant que cela m'excite, j'adore qu'elle vive dans l'imposture à cause de moi. Paumée dans les contradictions de son cœur et de sa volonté, elle vacille entre ses sentiments et sa crainte de mal agir. Le talent qu'Atika emploie à se gâcher la vie m'est inconnu. Cette aptitude à s'encombrer du poids de ses remords, à prendre goût au boulet dont on s'est soi-même lesté, à souffrir du jugement d'autrui, ne trouve aucun écho en moi. Comme des chiens malmenés, attachés à leur maître comme à leur laisse, d'aucuns semblent nostalgiques des fessées. Ces faibles valent les bigotes qui se précipitent aux genoux du curé pour purger leur conscience.

Il serait tellement plus confortable pour Atika d'agir selon ses envies. À la poubelle la moralité, les dogmes, la foi et son cortège de chichis, qu'elle ose s'affranchir. Je fais mienne la formule d'Al Pacino dans *L'associé du diable* : « La culpabilité, c'est un énorme sac plein de briques, tout ce que tu as à faire, c'est le poser ». Pour ma part, je marche léger, ne portant que mes soixante-sept kilos pour mon mètre quatre-vingt. Puisqu'on finit par dire aux enfants que le père Noël n'existe pas, qu'attend-on pour révéler à tous que Dieu non plus ? Bien entendu, la religion c'est pratique. Ce vaste outil de crétinisation soumet les hommes comme aucun gouvernement ne le pourra jamais.

Atika, qui ressent la présence du Tout-Puissant comme une évidence, garde le silence quand je dis que Dieu fait couler beaucoup trop d'encre et de sang. Elle change de sujet si je cite Prévert et son « Notre Père qui êtes aux cieux. Restez-y ». Atika m'a confié se sentir coupable face à l'injustice. À la pensée d'une humanité barbare, indifférente à la souffrance d'autrui, ses écluses sont prêtes à s'ouvrir. Dans le métro, devant ce mendiant qui demandait à manger, elle s'était décomposée. Elle avait fouillé dans son sac pour en sortir des pièces et les tendre au SDF. Submergée d'empathie, en proie à de violents émois aquatiques, Atika me donne l'impression de pouvoir à chaque instant crouler sous le poids de la misère du monde.

De mes leçons de catéchisme à la paroisse sainte Cécile, je garde les annotations dans mon carnet secret de primaire, encore aujourd'hui fermé par un cadenas. Outre mes lignes sur les bonnes sœurs embaumées vivantes qui sentaient autant le renfermé que les églises, j'avais écrit au stylo rouge avoir fait pipi sur Jésus. Du haut de mes sept ans, fier de cette performance blasphématoire, je suis toutefois resté modeste. J'ai nié comme tous les autres apprentis-chrétiens en être l'auteur. Quelques jours plus tard, lors de la présentation de la crèche aux parents, Stanislas a tenté d'arracher la longue barbe synthétique de Melchior. Malgré ses protestations, il a aussi payé pour l'urine répandue sur le Crucifié et a été interdit de séjour dans la maison du Seigneur.

N'étant pas apte à être labellisé selon les valeurs de sa famille, Atika n'est pas en mesure de me rendre officiel, mais elle s'est rattrapée avec ses copines dont j'ai bientôt fait la connaissance. Karine m'a assommé avec l'étalage de ses mésaventures amoureuses, Delphine la pimbêche m'a excédé, Lina ennuyée par ses airs de martyre, sans oublier Sabrina et sa logorrhée. Et j'en passe et des pires. Atika a organisé un défilé de nanas. Il y en a eu de tous les genres, aussi écervelées qu'insipides. Les coquetteries de l'une, les névroses de l'autre, leur puérilité et leur futilité ont eu vite raison de ma patience. J'ai mis le holà et prétexté ne plus vouloir partager notre temps avec ses amies, sauf exception.

Ce défilé m'a rendu perplexe. Entourée d'un tel chapelet de bécasses, Atika m'est apparue quelconque. J'ai pensé à la plaquer. Aussi jolie soit-elle, cela ne suffit pas si elle ne se détache pas du lot. Je l'ai choisie pour ce truc en plus que j'ai cru détecter chez elle. Des lycéennes mignonnes, pulpeuses ou version sauterelle, j'en compte à la pelle. Rien ne serait plus facile que de piocher parmi l'une de celles qui me tournent autour, émoustillées à l'idée de sortir avec un haut potentiel de quatre ou cinq ans leur cadet. Mais je refuse de sucer la pomme de n'importe qui. Puis, lors d'une soirée chez un copain d'Atika, j'ai rencontré la rigolote Moana, la sportive Agnès et son jumeau Mehdi. Bien que loin d'être des génies, ils s'avéraient sympas. Soulagé de ne pas devoir rompre, j'ai offert un bracelet à Atika.

Sans conteste moins brillante que moi, malgré des défauts féminins basiques, Atika est cultivée et spirituelle. J'aime discuter avec elle, sonder son esprit, apprendre à la déchiffrer. Elle m'a plu dès que je l'ai vue. Sa chevelure ondulée lui donnait une allure sauvageonne, ses immenses yeux noirs celle d'une gitane. Jamais je n'aurais cru que cette fille allait autant m'envoûter, me faire rire. Curieux des types qui avaient dû me précéder dans sa vie, j'ai mené mon enquête. Elle m'a raconté qu'un Anglais avait tenté de l'embrasser l'été dernier durant une colo linguistique à Londres, mais elle l'avait repoussé. Atika n'avait jamais eu de petit ami avant moi, nul autre n'avait mêlé sa salive à la sienne. J'en ai été aussi surpris que troublé et me suis demandé si elle était l'une de ses mijaurées qui allaient vouloir se cramponner à son premier amour.

Histoire de savoir ce que cela faisait, j'avais flirté avec des gamines de mon âge, bécotées à la va-vite puis expédiées. Mais ma lycéenne est pubère, avec un corps de femme. Comme je fais une tête de plus que nombre des garçons de terminale, elle est tombée des nues en apprenant mon âge. Il a fallu que la photocopie de ma carte d'identité s'échappe de mon carnet de correspondance pour qu'Atika découvre ma date de naissance et mes années de classe sautées. Elle a flippé, s'interrogeant sur nous deux, sur ce qu'on dirait de notre relation, sur ma maturité. Durant trois jours, elle m'a évité dans les couloirs du bahut. Elle a pris ses distances, sans que je réagisse, au demeurant absorbé par une évaluation d'anglais à préparer.

    Elle a réapparu le lundi suivant à la sortie d'un cours, deux rochers au praliné à la main, décidée à ne pas me quitter. Atika avait tranché. Elle aurait été idiote de douter davantage de la chance d'être ma nana. Plus jeune qu'elle, je la dépasse en taille comme en intelligence, et j'aurai mon bac avec de meilleurs résultats que les siens. À dire vrai, j'ai tremblé d'être largué, j'ai eu le bide en compote et des picotements dans la poitrine tout le week-end. Mes oreilles ont bourdonné à me vriller le crâne, j'ai failli craquer et appeler Atika. Même si je ne mérite pas d'être aimé, j'ai besoin de l'être. L'idée que l'on puisse me laisser tomber me plonge dans une profonde angoisse, je me sens déchiré en dedans. Je n'en peux plus de cet abîme dans lequel je glisse trop souvent.

    En tailleur sur mon lit, Atika sirote son Coca arôme vanille avant de s'humecter le bout du doigt avec sa langue pour attraper les miettes de tarte aux pommes dans l'assiette. Elle rougit en voyant que je l'observe puis me donne son index à lécher. Son sourire ingénu et ses lèvres luisantes de sucre m'enflamment. Je l'attire à moi. Elle m'entoure de ses bras, s'assied sur mes genoux. Je dénoue ses cheveux qui se répandent et dégringolent en cascade dans son dos, je me suspends à sa bouche. Un rideau soyeux et bouclé nous enveloppe, me chatouille les oreilles.

Atika presse sa poitrine contre mon torse. J'aime nos souffles qui se confondent. Nous restons ainsi accrochés de longues minutes. J'ai envie de plus, de toucher son corps, de le faire rouler sous le mien. Lorsque je soulève son pull, elle s'écarte pour me regarder avec une expression triste et grave. Elle n'est pas prête. Je sens que des larmes vont venir inonder ses yeux, je lui effleure la joue. *Ne t'inquiète pas, pardon.* Son visage se détend, elle blottit sa tête au creux de mon épaule. Romantique et douce Atika. *Espèce de cruche.*

Calés contre des coussins, on mate un film sur l'écran plat fixé au mur de ma chambre. Je me recule mais Atika se rapproche, se pelotonne contre moi, replie sa cuisse sur la mienne. Je balade mes doigts sur sa nuque et ses tempes. Elle frissonne. Je me sens l'âme d'un aventurier laissant l'empreinte de ses pas sur une neige où personne n'a encore posé le pied, à ma guise d'y marcher avec légèreté où d'y danser la gigue. Je suis le premier à fouler le cœur d'Atika, à fourrer ma langue dans sa bouche. Un jour prochain, j'en suis convaincu, elle se donnera toute entière. Je ne souhaite ni la brusquer ni l'effrayer. Son abandon doit être absolu et volontaire, elle tombera comme un fruit mûr.

Atika soupire avant de s'étirer. Il ne manquerait plus qu'elle ronfle, un filet de bave coulant de ses lèvres entrouvertes. Dix-huit heures trente, il est temps qu'elle parte. Elle me donne un dernier baiser, rayonnante. Elle va sans doute appeler une copine pour lui dire combien elle est heureuse avec moi. Elle s'endormira en songeant à mes caresses et en sniffant le tee-shirt qu'elle m'a emprunté. Après l'avoir raccompagné à la porte, je m'installe à mon bureau. Je veux terminer ce soir mes recherches pour un devoir de sciences sociales et politiques.

Il pleut, le ciel est bas et gris, le week-end s'annonce sinistre. Encore en pyjama, je regarde dans le salon par l'entrebâillement de la porte. Rantanplan est couché près du radiateur. Jus de fruit et viennoiseries à portée de la main, mes parents se prélassent comme des larves, scotchés au téléviseur. Après le déjeuner, ils se feront un musée ou iront boire un café chez des amis avant de rentrer et laisser le canapé les engloutir jusqu'au coucher. Demain matin, ils prendront le chemin du marché de Tolbiac pour faire le plein de légumes et de poissons frais.

Mon bain prêt, je m'immerge dans l'eau fumante parfumée à l'amande. Ma peau s'habitue à la chaleur, la sensation de brûlure laisse place au plaisir. Le miroir est recouvert de vapeur. Je reste ainsi, le corps et l'esprit engourdis. J'observe mes doigts et mes orteils se ratatiner comme de vieux pruneaux. D'habitude, alerté par le bruit de l'eau, le clebs rapplique et s'agite derrière la porte. Je tends l'oreille, l'appartement est vide, ni chien ni maîtres. Ils ont dû sortir faire un tour. Si seulement Rantanplan pouvait se faire écraser par une voiture, je serais exaucé et le rebaptiserais Raplapla pour l'occasion.

Par bonheur, le temps des courses au supermarché du samedi après-midi et des virées dominicales en famille est loin. Mes parents me fichent la paix, ils vaquent à leurs occupations. L'année de mes dix ans, j'ai entendu papa dire à maman qu'ils devaient apprendre à me laisser libre, veiller à ne pas m'étouffer. Ma mère avait acquiescé, des trémolos dans la voix. Son poussin avait grandi. Les jours suivants, ils avaient ressorti les albums de naissance et, blottis l'un contre l'autre, avaient replongé dans le passé défunt.

Oui, qu'ils me laissent respirer, mes parents ont eu leur temps de gloire, aussi bref a-t-il été. Celui où je me frottais à eux en quête de câlins, celui où je cherchais à les rendre fiers en sautant d'un muret, en leur faisant un dessin. Déclaré enfant précoce, ils n'ont bientôt plus incarné mes modèles. Le diagnostic du psychologue a sonné le glas de leur prestige. J'ai cessé de leur appartenir, de les considérer comme le centre de mon univers, j'ai pris conscience que j'étais plus intelligent qu'ils ne pourraient jamais l'être.

Habillé, quelques gouttes d'Opium dans le cou, je m'assieds à table. Mon petit déjeuner est servi. Maman m'a laissé du quatre-quarts, des tranches de pain grillé, de la marmelade d'oranges et un chocolat encore chaud grâce au couvercle du mug. Il est presque onze heures. Hier, je me suis couché tard après avoir fini un polar sanglant, l'histoire d'un tueur en série californien. Les errances et crimes mégalomanes du psychopathe ont hanté mon sommeil. Au réveil, c'était comme si je sortais d'une longue projection d'images violentes, il m'a fallu un moment pour émerger.

Un bruit de clé. Ouf, ce sont les voisins de palier. Elle est d'origine roumaine, lui a émigré d'Espagne. Elle possède une librairie dans le douzième arrondissement, lui vit à ses crochets. Ils ont la quarantaine et s'acharnent à vouloir procréer. Lorsqu'ils croisent papa ou maman, ils égrènent leur chapelet de misère, ils passent en revue les traitements hormonaux de madame, leurs frais médicaux et leurs déceptions. Stella raconte en reniflant ses tentatives infructueuses pour se faire engrosser en laboratoire. Joaquin soupire après le fils qu'il porte depuis toujours dans ses bourses, mais qui reste prisonnier des trompes bouchées de sa compagne.

L'été, la voisine prend des stagiaires dans son magasin. Comme ces demoiselles ont la malchance de capter l'attention de son Joaquin, elle leur mène la vie dure. Les étudiantes embauchées pour les vacances attirent comme un aimant le bonhomme qui rôde, l'œil lubrique, entre les rayonnages de livres. Ancienne vendeuse en prêt-à-porter, avec son gros derrière et un ventre aride comme seuls bagages, Stella s'est lancée dans l'aventure littéraire en rachetant la boutique d'un vieil ami. Complexée par son manque d'instruction, elle envie ses employées, ses clientes, toutes celles qui pourraient lui ravir le cœur et la descendance de son bel hidalgo. Vêtu en toute saison d'un jean trop serré et d'une chemise ouverte sur son torse frisé, monsieur reluque les popotins qui passent. Maudissant sa fraîcheur évanouie, Stella jalouse quiconque approche son homme tout en priant le ciel pour que son utérus soit enfin assiégé.

L'immeuble compte une douzaine d'appartements, deux par étages et des occupants aussi divers qu'azimutés. Un couple de danseurs de tango, un gendarme, des étudiants en colocation, une veuve, quelques familles avec bambins, un professeur de grec à la retraite, un chômeur dont les lamentations amoureuses emplissent régulièrement la cage d'escalier. Sans oublier, au rez-de-chaussée, la concierge Dolorès Boutboul.

Emmitouflé dans mon manteau, ma raquette à la main, je sors pour mon cours de tennis hebdomadaire. Direction rue des Hautes-Formes, en pantalon souple et baskets fines. À d'autres d'arborer d'affreux joggings et de se percher sur de grosses pompes de sport. Les cheveux ruisselants, j'arrive au gymnase.

Séance de midi trente, juste avant le flux de ceux qui viendront digérer leur repas sur le sol en béton poreux. Tandis que je perfectionnerai mon jeu, ils siroteront leur café devant la fin du journal télévisé.

Le club de tennis est à dix minutes de la maison. J'aperçois le directeur du centre boudiné dans son survêtement, un bandeau mauve ceint son front dégarni. Il agite sa main vers moi et, aussi viril qu'une fillette, évoque les prochaines compétitions. La pluie s'arrête, il glousse en me disant que j'ai fait réapparaître le soleil. Chaque samedi, hors fermetures des vacances scolaires, j'échange des balles et quelques mots avec Luc, intarissable en potins. Il a la vingtaine et la patate, il distribue services à la volée et anecdotes, m'indique comment optimiser mes lifts et renforcer la puissance de mes coups.

Si me mesurer aux autres lors de tournois me procure de la satisfaction, je ne suis en revanche pas amateur de matchs en double. Je ne saurais m'assortir à un partenaire afin d'envisager ensemble des tactiques pour l'emporter sur les gusses d'en face. Mathias est le seul binôme avec lequel je puisse m'accorder. À d'autres les entraînements collectifs et les relents de chaussettes dans les vestiaires. Je hais ces sports où il faut taper un gros ballon, beugler de joie une fois le tir marqué et, mouillé de transpiration, se donner de viriles accolades.

La natation et la course à pied conviennent davantage à mon tempérament. Je me délecte de cet épuisement physique, juste moi et ma carcasse à l'effort, la tête qui se vide et la poitrine qui cogne fort. J'aime n'être qu'un corps, des muscles qui se tendent, un souffle qui s'accélère, et durant quelques minutes me déconnecter. Ne plus me retrouver coincé entre les rouages de mon cerveau, être en roue libre, me donnent une sensation d'ivresse.

Je quitte le terrain de tennis, le col de mon manteau relevé façon Corto Maltese. Ça sent l'asphalte mouillé, les cabas et parapluies se croisent, les voitures défilent. Une fille brune s'éloigne d'un pas prompt. Un instant, j'ai cru reconnaître Atika, sa démarche, sa silhouette élancée et ses longs cheveux.

Demain c'est dimanche, la journée s'écoulera comme si le sablier était cassé. Je hais les dimanches. Rester à discuter avec mes parents dans le salon est au-dessus de mes forces, ma capacité à les contenter en jouant le gentil fiston s'est réduite avec l'âge comme une peau de chagrin. La notion de famille me fait l'effet d'un costume étriqué. Papa et maman me prennent comme je suis, ou plutôt comme ils me voient, aveuglés par leurs sentiments. Ils m'aiment à vie. Avec moi, ils ont écopé de la perpétuité.

Je ne garde qu'un vague souvenir de ma petite enfance, comme une sorte de puzzle épars. Nos soirées cinéma avec les rideaux tirés et le pop-corn caramélisé, l'époque où nous lisions côte à côte sur le canapé, les hivers où nous nous blottissions les uns contre les autres sous un plaid que nous appelions notre igloo, tout cela n'existe plus. Le temps des après-midi où s'enchaînaient parties de Scrabble et de Monopoly est révolu. À présent, je m'enferme dans ma chambre, j'ouvre un bouquin ou mets de la musique. Je suis sur internet ou dans le cosmos, mais pas avec mes parents. Eux ne se plaignent pas, ils acceptent que je sois peu expansif, enclin à la rêverie ou avide d'indépendance. Ils restent à mon écoute si je le souhaite. *Bla bla bla.*

Du coup, près de quinze ans après leur rencontre, ils ont appris à redevenir deux. Ils ont réinventé le couple qu'ils formaient avant ma venue au monde. Les voir s'enlacer et se faire des papouilles, ou entendre leurs rires étouffés malgré le couloir qui sépare nos chambres, me laissent de marbre. Les imaginer copuler ne me fait ni chaud ni froid, mes parents sont des primitifs. Décrépis, maman tricotera et papa se plongera dans ses mots croisés en se remémorant leurs roucoulades d'antan.

Sur le chemin du retour, je fais une boucle par la médiathèque pour parcourir les photographies exposées dans le hall. Des portraits d'anonymes, des scènes de combats et de liesse couvrent les murs. Deux vieilles commentent les clichés de grands événements du siècle passé. Mes parents doivent être en train de préparer le déjeuner tels ces duos d'émissions de bouffe qui pullulent à la TV. L'un qui coupe, l'autre qui assaisonne. Comme attendu, je suis accueilli par une odeur d'oignons rissolés, et par cet abruti de Rantanplan dont la queue remue tel un essuie-glace. Le beurre frétille dans la poêle tandis que la lame de couteau frappe la planche de bois en cadence, maman m'annonce que le rôti de veau est à point. Je sors les assiettes du buffet. Le couvert mis, le pain coupé dans la corbeille assortie à la nappe, je demande si je peux aider à autre chose. Papa me dit que je suis un ange.

Le tennis m'a ouvert l'appétit. Je glisse mes pieds sous la table et tire sur mes manches pour dissimuler mes nouvelles entailles. Hier, j'ai enfoncé une aiguille dans mes avant-bras. Des traînées rouges zigzaguent le long de mes veines. Lors de ma dernière crise, je m'étais épluché la plante des pieds jusqu'à mettre ma chair à vif. Je voudrais retirer toutes mes peaux.

Porte qui claque, rugissement féminin. Voici un nouvel épisode des amours d'Olivier le pleurnichard et de la plantureuse Béthanie. Mon voisin du dessus est le roi des cornichons, sa nana en a fait une chiffe molle. À sa place, je n'oserais plus me regarder en face. Il m'arrive, lorsque je tombe sur lui dans la rue, de l'observer sans qu'il s'en rende compte tant il a l'esprit embrumé, noyé dans ses chagrins à répétitions. Il avance tête basse, le dos voûté et l'œil humide.

À la supérette, il y a quelques semaines, cette chanson pour minettes en fond sonore et les yeux du bouffon de l'amour qui se sont mis à dégouliner le long de ses joues mal rasées. À chialer entre les fromages et les surgelés, Olivier n'a pas vu que je me trouvais devant lui. Béthanie s'amuse de cette pitoyable marionnette depuis plusieurs mois et, rompant à un rythme régulier, laisse sous ses talons hauts un amas démantibulé, une flaque de larmes.

Puis, implorée, elle réapparaît comme si de rien n'était, sans remords ni excuses. Elle lui sort des crasses comme elle respire, il est attiré par elle tel un moustique par la lampe sur lequel il finira grillé.

Le type aurait mieux fait de se casser une patte le jour où il a croisé son chemin. Béthanie lui a raconté qu'elle descendait d'une grande famille de marabouts, dans ses veines coulerait du sang royal et sorcier. De ses douze premières années au Congo, elle a gardé le goût des plats épicés et la conviction de privilèges tribaux dus à sa lignée, elle raffole être servie. Olivier a pris pour argent comptant la fable de son étudiante, dont les désirs sont devenus des ordres. L'amour le rend très con, ou il a trop mis les doigts dans le courant électrique durant son enfance.

Cette fille est un succube aux formes aussi généreuses que son manque de compassion. Elle n'a de cesse de fulminer, de bouder, le faire tourner en bourrique. Il suffit d'un mot pour qu'elle bondisse comme un diable sorti de sa boîte. Avec elle, Olivier marche sur des œufs. Glaciale et venimeuse, la méchanceté est chez elle un réflexe. Lui l'adore et se couperait un bras pour rester dans sa vie. À la demande de Béthanie, il avait fini par accepter l'idée d'épouser une cousine sans papier, née homme, pour lui permettre de demeurer sur le sol français. Expulsée prématurément, la parente imaginaire avait laissé place à d'autres craques. Avec un ciboulot de la taille d'un flageolet, Olivier avale tout.

À chaque simulacre de rupture, il perd plusieurs kilos en quelques jours et se change en fantôme. Il fond, il se liquéfie dans une hémorragie lacrymale. Les locataires suivent, de près ou de loin, ses péripéties avec l'étudiante. Les disputes, les réconciliations devant l'immeuble, les objets flanqués par la fenêtre, tous assistent malgré eux à une scène. Même le facteur, assailli par le jeune homme en quête de nouvelles de sa dulcinée, ne manque rien de cette tragi-comédie, mais madame ne se fend jamais d'un courrier. Olivier s'accroche en vain à sa boîte aux lettres et à son téléphone, il relit les textos tendres, promesses de bonheur. Il redémarre son portable pour en vérifier le bon fonctionnement, espérant l'apparition d'un message ou d'un appel.

Béthanie est la reine du claquage de porte. Enragée, elle la balance au nez et au cœur de son petit ami. Chaussé ou pieds nus, il la poursuit dans l'escalier où elle le repousse et le gifle, d'après les dires d'une voisine effarée derrière son œilleton. Reniflant, il vient certains jours gratter chez nous pour se confier à maman sur notre paillasson. La démence guette ce minable. Une fois déjà, il a dû se rendre aux urgences psychiatriques de Sainte-Anne tant il suffoquait d'angoisse. Désolée, ma mère nous avait alors annoncé, entre le hachis parmentier et le dessert, le crochet fait par notre voisin au Centre Psychiatrique d'Orientation et d'Accueil de la rue Cabanis.

Olivier s'était senti apaisé, comme anesthésié, d'attendre son tour auprès d'une hystérique et d'un militaire qui fixait les poignets qu'il n'avait pas réussis à trancher. Ses gros yeux verts bouffis, gorgés de larmes, Olivier s'est assis sur un fauteuil en plastique vissé au sol. Soulagé de ne plus être seul chez lui, il reprenait son souffle. Comme le lui avait annoncé l'infirmière à son arrivée, il lui a fallu attendre près de deux heures pour qu'un psy le reçoive. Olivier avait regagné son appartement en espérant que sa chérie l'y rejoigne, suite aux messages envoyés de l'hôpital. Il a croisé maman devant le local poubelle et lui a raconté sa folle virée au CPOA du quatorzième arrondissement, puis a fait les cent pas au-dessus de ma tête, secoué de rires nerveux. Béthanie n'a bien entendu pas donné signe de vie.

Dingue du pouvoir qu'elle exerce sur lui, l'étudiante se joue d'Olivier depuis leurs débuts. Elle a soudain un déclic, se rendant compte qu'il n'est pas son genre, qu'elle se fourvoie en croyant qu'ils ont un avenir ensemble. Et le gogol de miauler en se disant qu'entre eux, comme dans la chanson, c'était juste une aventure et que ça ne durerait pas. Le mois dernier, tard dans la nuit, ce coup de fil de Béthanie. D'une voix impassible, elle lui a expliqué qu'elle avait pris le temps de réfléchir et qu'il n'était pas assez bien pour elle. Une heure du matin venait de s'afficher sur son radio-réveil, Olivier n'avait pas moufté. Arpentant son salon, la cigarette au bec, il l'avait laissée parler puis avait raccroché sans un mot avant de s'écrouler sur le parquet.

Le lendemain, il avait guetté ma mère dans l'escalier. Avec une gueule de déterré, sanglotant, il lui a rapporté le ton condescendant et le flux de vacheries auquel il a eu droit. Maman est devenue la confidente d'Olivier depuis qu'il évite de trop en dire à ses potes, plus cash envers la mauviette que sa voisine du dessous. L'ayant récupéré à plusieurs reprises plein comme une barrique, inondé de tristesse et de Kronenbourg, ils l'avaient sommé de lâcher cette mante religieuse. Comment lui, le grand gaillard fana de boxe thaïe, pouvait-il accepter d'être mis au tapis par une gonzesse, et K.O. après K.O., en redemander encore ? Ils s'étaient connus au collège, avaient fait les marioles ensemble et joué les durs lors de vadrouilles dans des coins louches. Se réfugiant auprès de ma mère pour geindre, il ne fait plus rire la galerie.

À chaque séparation, Olivier se transforme en

zombie, il ne dort plus, ne mange plus et passe ses journées à couiner. Pris de panique, il s'efforce de cogiter pour trouver les mots qui convaincraient son bourreau en jupon qu'il n'est pas un loser. Son crâne est sur le point d'imploser, ses billes baveuses sont prêtes à gicler au premier clignement d'œil. Qu'elle le quitte au téléphone, lui tourne le dos en pleine rue, ou parte de chez lui en furie après lui avoir balancé le double de ses clés à la figure, ils finissent par se réconcilier. Elle le laisse ramper à ses pieds et demander grâce.

Comme si une mouche la piquait, il prend soudain à madame la lubie de congédier son virtuose du kleenex. Plaqué sans ménagement, le baltringue revient à la charge et supplie la plante carnivore de le reprendre pour le ballotter au gré de ses humeurs. Opprimé consentant, il multiplie les efforts pour récupérer Béthanie qui résistait mollement avant de céder à ses lamentations, couverte de fleurs ou de chocolats. Dans de rares sursauts de fierté, Olivier se convainc de résister à l'envie d'aller rôder devant chez

Béthanie, mais il ne tient pas soixante-douze heures. Son estomac se tord, sa gorge se noue, ses membres tendus sont douloureux.

L'étudiante fait du lascar ce que bon lui chante, elle se délecte de son emprise sur lui comme un tigre qui ne pourrait plus se passer du sang humain auquel il aurait goûté. Elle lui crache des horreurs à la tronche tout en guettant la douleur sur son visage, ses yeux qui se voilent, ses traits qui se contractent. Elle jauge jusqu'où elle peut trifouiller son cœur à mains nues puis pose ses lèvres sur ses paupières gonflées pour lécher le sel de ses pleurs. Elle lui fait ensuite l'amour avec fougue, il en sort vidé, plus éperdu encore de sa sadique Béthanie.

Pas une quinzaine ne passe sans que maman, navrée, nous rapporte les confidences de ce demeuré. Papa hoche la tête d'un air grave, je me retiens d'aller insulter notre voisin. Sa mère vivant en province, Olivier a pris la mienne en affection et la tient pour une nounou. Il l'informe de sa recherche d'emploi comme de ses déboires sentimentaux. Ma génitrice aurait dû être assistante sociale, elle a l'oreille si charitable. Bienveillante, elle ressemble aux poèmes de fête des mères recopiés par les écoliers. *Le cœur d'une maman est une grande porte ouverte et gnagnagna.*

– Un gratin de crocodiles ?

– Mais non ! un gratin de brocolis, pouffe Atika.

Mes parents partis pour le week-end, Atika s'active dans la cuisine. Elle lave, émince, goûte, ajoute des épices et me donne des baisers au passage. Assis sur un tabouret, je l'observe s'affairer avec joie. Elle semble deviner où sont rangés les ustensiles, comme si elle avait toujours évolué parmi eux. Il doit s'agir du fameux sixième sens féminin, ou de l'instinct domestique. C'est surprenant de voir combien les femmes aiment à nourrir leur homme, à leur préparer de bons petits plats, fières à l'idée d'être pour eux des déesses du fourneau.

Ses dix-sept ans en poche, Atika se révèle une digne héritière de son sexe. Enchantée de jongler avec les ingrédients et les casseroles, elle savoure à l'avance le plaisir que j'aurais à déguster son repas. Elle est radieuse, elle adore ces moments ordinaires où elle se croit proche de moi. Faire les courses ou nos devoirs ensemble lui donne l'impression que nous sommes en couple. Elle rêverait d'un saut de dix ans dans le temps, de pouvoir envisager la cohabitation et vivre presque tout à deux. Le ronron du quotidien, mois après mois. Puis il faudrait se lester de marmots braillards et crottés. Par chance, j'ai treize ans et nous en sommes à des années-lumière.

Une odeur de comté fondu s'échappe du four. Je suis affamé, Atika me sert. Je n'en laisse pas une miette, c'est bon et je le lui dis. Ses yeux étincellent d'orgueil, elle affiche un immense sourire. Je feins de vouloir débarrasser mais elle m'en empêche. Sa dînette terminée, elle entame son ménage et m'invite à m'asseoir sur le canapé tandis qu'elle nettoie la cuisine, aux anges. Cette vocation de maîtresse de maison, de bonniche, semble commune à nombre de femelles. Atika tient sans doute à me montrer qu'elle est une fée du logis, une vraie petite femme toute dévouée à son chéri. Elle exulte de jouer au papa et à la maman.

Atika ayant fini de bien astiquer, je lui propose que nous fassions un tour au parc de Bercy, escortés de Rantanplan. Mon plan concernant le Cavalier King Charles va entrer en phase d'exécution. Cet après-midi, je compte faire d'une pierre deux coups. Pour remercier Atika de ses attentions culinaires, et pour la garder dans de bonnes dispositions en vue d'une nuit torride, j'entretiens ce rituel dont elle raffole et qu'elle nomme notre promenade en amoureux. Mon chien, lui, tombera aux oubliettes.

La peau veloutée d'Atika et sa chevelure aux reflets miel captent la lumière du soleil de février. Elle est belle. Un type se retourne sur elle, un deuxième la mate avec insistance. Me serrant fort la main, elle ne paraît pas les voir. De l'autre main, je tiens la laisse du clébard. Arrivés devant les pelouses de l'entrée rue Joseph Kessel, j'attache Rantanplan au grillage. Un sourire en coin, je rejoins Atika partie nous acheter des pralines. Elle me met une amande caramélisée dans la bouche. Rantanplan ne tarde pas à s'éloigner, ayant eu raison de mon faux-nœud de magicien. J'entraîne

Atika dans La Cinémathèque pour voir l'exposition « Tim Burton ».

Lorsque nous revenons là où j'ai laissé l'animal. Pas l'ombre d'un chien. Oust Rantanplan ! On cherche dans les allées du parc, on questionne les gens assis sur les bancs, les promeneurs, personne ne l'a vu. J'affiche une mine préoccupée de circonstance. Atika me caresse le bras avec cet air prévenant et plein de commisération que l'on a pour les malades, je me retiens de crier *hip hip hip hourra !* Elle me propose de revenir, demain, du côté du cour Saint-émilion pour distribuer des affiches dans les commerces. Je la toise d'un regard sévère, elle interprète ma fureur comme du chagrin et comprend qu'elle doit se taire. Je ne la détrompe pas.

Sur le chemin du retour, je sursaute à chaque aboiement, effrayé à l'idée que la bestiole ait pu retrouver ma trace. Arrivés devant mon immeuble, je me détends, soulagé de constater que Rantanplan n'est pas là à m'attendre. J'ai craint de le voir réapparaître, tels ces animaux qui reviennent après des mois d'errance au domicile de leur maître. Plus débile que n'importe quel autre chien dans l'univers, jamais Rantanplan ne saurait regagner son panier, même si on lui greffait un GPS dans le cerveau. Il doit être en train de déambuler du côté des grands Moulins ou du boulevard périphérique. Qu'une voiture le fauche et le conduise illico au paradis des animaux. Atika se dresse sur la pointe des pieds et pose ses lèvres sur ma joue, soupirant avec moi. *Compatissante idiote.*

La soirée débute devant des cheeseburgers et un film d'action. Notre repas et le DVD finis, Atika appelle la copine chez qui elle est censée dormir et vérifie que sa mère n'a pas cherché à l'y joindre. Rassurée, elle revient se blottir dans mes bras sur le canapé. Je picore son visage de baisers, j'enfonce mes doigts dans ses cheveux, lèche le creux de son poignet. Sa façon de s'écarter pour reprendre son souffle, ses lèvres enflées, sa tignasse emmêlée… Elle me trouble. Rougissante, elle reste suspendue à mon regard. J'ouvre le premier bouton de son chemisier. Je passe mes mains autour de son cou gracile. Son cou que je pourrais briser sans effort, sans même y réfléchir, dans une impulsion.

J'ouvre un deuxième bouton. J'effleure sa poitrine par-dessus le tissu. Son cœur bat fort. Elle se lève et demeure de longues secondes immobile devant moi. On dirait qu'elle va se mettre à pleurer, j'ai envie de la frapper. Elle baisse la tête, interdite. Je me redresse à mon tour et vais dans ma chambre. Je l'abandonne dans le salon sans un mot, elle n'aura qu'à filer au petit matin. On se reverra au lycée quand je serai moins contrarié.

Voilà des mois qu'on se retrouve seuls chez moi, sans parler de nos sorties au ciné, de nos promenades, des mois que l'on échange nos salives, que je la tripote, j'en désire désormais davantage. D'autres feraient moins de manières pour venir se fourrer dans mon pieu. La plupart de ses copines ont déjà vu le loup, et les autres n'attendent que ça. Pourquoi a-t-il fallu que je tombe sur la plus godiche d'entre elles ?

Je m'affale sur mon lit avec Stendhal et ma mauvaise humeur. Les pudibonderies d'Atika comme les aventures de Julien Sorel me courent sur le haricot. Les profs ont beau nous vanter la soif d'élévation et le destin romantique du jeune précepteur, je ne perçois chez lui que vanité. J'ai hâte de m'en débarrasser, qu'il dégage de ma vie tel Rantanplan. Je ne veux subir aucune interférence. Je ferai en sorte de neutraliser quiconque pourrait devenir un obstacle sur ma route.

Au chaud sous ma couette, j'entends les pas d'Atika derrière la porte. Elle multiplie les allers-retours du salon à ma chambre. Venu à bout du dernier chapitre, alors que j'entame la préface où un docteur ès lettres dissèque le roman, Atika s'approche. Je ne m'attendais pas à son apparition et ne percute pas aussitôt. Elle me retire le livre des mains et me susurre qu'elle m'aime, qu'elle veut me le prouver. Atika a dû se triturer les méninges pour savoir si elle devait partir ou céder, coucher sur le canapé ou avec moi. Elle déboutonne sa chemise. Le fait est que j'avais oublié son existence.

Atika ne me quitte pas des yeux, elle prend mes mains et les pose sur ses hanches. Sa peau est si fine.

Elle plaque sa bouche sur la mienne et s'accroche à mes lèvres. Elle tremble comme une feuille. Excitante princesse des mille et une nuits... Je fais glisser ses manches le long de ses bras. Elle porte un soutien-gorge, noir et rose à dentelles. Je baise le grain de beauté au-dessus de son sein gauche. Le cœur d'Atika s'emballe. Je presse ma joue sur son ventre qui se soulève au rythme de sa respiration haletante. Je passe ma langue à l'intérieur de son nombril. Elle frissonne, moi aussi. Je remonte jusqu'à sa poitrine que je lèche à travers le sous-vêtement, jusqu'à ses oreilles que je mordille.

Assis sur le lit, je la fais pivoter de façon à ce que mes jambes enserrent sa taille. Elle est ma prisonnière. Je couvre ses épaules de baisers sonores, elle sent bon. Je me retiens d'enfoncer mes dents dans sa chair. Je pourrais la dévorer. L'étiquette du soutif indique 85 B. Elle veut se dégager tandis que je le dégrafe. Je la maintiens en place. *Chut, ne bouge pas*. Sans les voir, je recouvre ses seins de mes paumes, les premiers que je touche de ma vie. Nous restons silencieux et immobiles, Atika me tournant le dos, son cœur enfermé dans ma main. J'enlève mon tee-shirt et colle mon torse contre sa peau. Le souffle d'Atika s'accélère. Je la place face à moi, elle vire à l'écarlate, elle a la frousse.

Atika est à demi nue dans ma piaule. Mes parents sont absents, les siens la croient chez une amie. Elle est à ma merci. Libre à moi de lui retirer sa culotte avec délicatesse, ou de me jeter sur elle comme un sauvage. Avec une pointe de fermeté, une dose de douceur et quelques paroles d'amour, elle garderait un souvenir ému de sa première fois.

Je pose ma bouche sur ses seins, moelleux et chauds comme de petites brioches tout juste sorties du four. Je les effleure avec le bout de ma langue. Atika se cambre, ses mamelons durcissent. Atika ne prononce pas un mot, je crains de lui avoir fait mal. Je la serre contre moi et la berce, elle a la chair de poule. Je me lève pour augmenter la température du radiateur et reviens près d'elle. Je prends sa main et la promène sur mon torse imberbe. Après quelques minutes à parcourir ainsi ma peau de ses doigts, elle s'approche de mon téton et se met à l'aspirer en me regardant avec intensité. Je la renverse sous mon corps, soumise et apeurée.

Je résous de rester sage, de ne pas obtenir ses faveurs parce qu'elle craint de me perdre. Se pliant à mon désir, elle finirait par avoir des regrets, elle m'en voudra d'avoir été à l'écoute de mon caleçon et non de ses sentiments. L'épargner est plus judicieux. « La patience est la clé de la réussite », promet la sagesse orientale. Suivant le conseil de cette calligraphie qui lui avait tant plu lors de notre visite à l'Institut du monde arabe, j'obtiendrai d'Atika qu'elle s'offre sans avoir à la brusquer.

La meilleure des stratégies est d'attendre qu'elle soit convaincue de vouloir passer à la casserole. Elle y viendra, tôt ou tard, elle m'aime trop. Pauvre Atika qui va devoir remettre en cause son éducation. Notre relation va ébranler l'édifice des principes distillés par ses parents, année après année. Par ma faute, elle renoncera à l'idéal qu'elle nourrissait peut-être de se marier vierge. Pour moi, elle va s'affranchir des valeurs dans lesquelles elle a été élevée, et admettre que son corps lui appartient. Je me réjouis d'être le témoin et l'instigateur de ce processus de métamorphose, de la faire accoucher d'elle-même. Atika, ma chrysalide, mon joli papillon, mon indocile, bientôt mon amante.

Je roule sur le côté et m'allonge contre elle. Elle replie ses jambes vers le mur. Je plaque mon ventre sur son dos, passe mon bras par-dessus le sien, ma main dans la sienne. J'écarte ses cheveux et enfouis mon visage dans sa nuque, j'adore son odeur. On dirait que nos corps, telles des briques de Lego, ont été conçus pour parfaitement s'imbriquer l'un à l'autre.

– Serre-toi plus, murmure-t-elle.

Mes parents au théâtre, mes devoirs terminés, je m'installe dans le salon. Un diabolo orgeat et mes pieds sur la table basse, je prends la télécommande de la télé. Je zappe sur une vingtaine de chaînes puis reviens sur un débat traitant de la rupture au féminin : *Terminus, par ici la sortie messieurs*. L'ancienne miss météo promue chef d'orchestre de « Pourquoi se taire ? » bat avec enthousiasme ses longs cils colorés en violet. Suite au départ impromptu de l'animateur vedette, notoirement trop alcoolique pour que la chaîne puisse le garder à l'antenne, la poupée métisse a été propulsée en prime time. Après avoir déploré l'absence du présentateur pour des raisons de santé, elle en loue le professionnalisme et l'humanité en lui souhaitant un prompt rétablissement. Dans l'espoir de réaliser d'aussi fortes audiences que le soiffard, elle s'évertue à jouer de son charme avec les caméras.

En cercle autour d'un aspirateur et d'une

poubelle remplie de produits d'entretien, une dizaine de bonnes femmes exposent ce qui les a décidé à quitter leur légitime. Elles conseillent les téléspectatrices qui voudraient franchir le pas. En chœur, elles ricanent et caquettent, se coupant tour à tour la parole.

– Pour rompre, le secret est de ne jamais se mettre à la place de l'autre, clame une brune très maquillée.

L'animatrice s'efforce tant bien que mal de diriger la discussion. Quasi hystérique, la horde de mégères est indisciplinée, chacune cherche coûte que coûte à caser ses anecdotes, à vider son sac de griefs. Mugissant de rage, elles bavent à l'unisson sur leur compagnon et énumèrent les outrages subis. Gwénola n'a pas le talent ni la bouteille de son prédécesseur, elle lutte pour maintenir le cap. Les yeux aux contours aubergine sont pris de panique, ils clignotent comme un sémaphore sur le point de disjoncter. Pour sa première en live, la starlette du PAF se fait dévorer toute crue par le gang des divorcées. Désarçonnée, elle se tortille sur ses talons aiguilles, privée du droit d'en placer une. Pour récupérer les rênes du programme, il lui faut espérer qu'elles reprennent toutes leur respiration en même temps.

– Mon mari m'a acheté une batterie de poêles en fonte pour notre anniversaire de mariage ! glapit l'une.

– Le mien m'offrait des fleurs pour la fête des mères, et apportait des chocolats à sa maman chérie pour la Saint-Valentin !

– Cet imbécile de Bernard mérite la palme, vocifère une autre. Il me demandait de porter un tablier de cuisine pendant nos rapports.

– Moi, mon ex me critiquait sans arrêt, j'ai fini par hurler : « Je ne sais ni repasser ni faire le bœuf bourguignon, tu as de la chance ! je ne suis pas ta mère. »

Et les rombières de s'échauffer, furibondes d'avoir cru que des ploucs pourraient les rendre heureuses. À trop lire de romans à l'eau de rose et fantasmer sur leur future robe blanche, elles s'étaient monté le bourrichon. Ces messieurs n'avaient pas tenu leurs promesses. Promesses qu'ils n'avaient du reste jamais faites, mais cela importait peu. Par une sorte de contrat tacite, un serment unilatéral, ils avaient d'office été assignés à moult engagements.

J'imagine la gueule des types qui découvrent l'obligeant portrait d'eux, brossé par feu bobonne, devant trois millions de téléspectateurs. Hypnotisées par leur petit écran, certaines attendent peut-être la fin de la diffusion et les ultimes recommandations des harpies pour balayer elles aussi une ou deux décennies de vie commune. Les pauvres bougres, ne possédant plus depuis des lustres l'attrait de la nouveauté, vont être dégagés sans préambule après des années d'essorage à sec, largués en simultané depuis leur salon.

Coiffée d'une perruque rousse et de lunettes noires, assise au centre de l'estrade, une invitée révèle se rendre avec son amant à des parties échangistes. Elle ajoute que son officiel la croit à un cours de danse du ventre, et qu'il se réjouit de ses talentueux déhanchés et de leur désir matrimonial ravivé. Elle se demande s'il faut ou non mettre un terme à son union. Brandissant son annulaire gauche, une dondon accuse son époux de l'avoir enchaînée à ses gamelles en lui passant la bague au doigt. Une blonde lâche les grandes eaux et confie entre deux reniflements avoir découvert des images d'actrices porno sur l'ordinateur familial. Avec l'idée de préparer un repas aux chandelles, elle cherchait son carnet de recettes sauvegardé sur le PC quand le dossier « gros lolos » de Daniel lui a bondi au nez.

    Comme contaminée par la fureur ambiante, en équilibre sur l'aspirateur, l'animatrice lève un bras vengeur. Sa voix cristalline a disparu. De soprano, Gwenola a mué en alto, elle en appelle à la grève du ménage et du sexe. Que les Françaises mécontentes de leur conjoint se réveillent enfin ! La jolie potiche s'érige en Lysistrata sous l'œil approbateur des intervenantes et du public féminin. Toutes d'applaudir et de taper du pied avec frénésie, dans un élan tentaculaire de rallier les rares hommes sur le plateau à leur cause. L'oreille basse, ils se font riquiqui.

Avec les femmes, on dirait que c'est toujours la même chose. Un cycle infernal, immuable, génétique. Condamnées par leur horloge biologique à devoir se faire engrosser avant la ménopause, elles partent plus ou moins tôt à la chasse au géniteur, la seule règle étant de l'attraper vivant. Il leur faut harponner un reproducteur, ni forcément futé ni très classe, les critères de sélection dépendant de l'âge de la matrice et de sa prochaine péremption ou non. Le compteur tournant, les exigences sont revues à la baisse avec la diminution de la réserve ovarienne. Obsédées par ce tic-tac, elles se démènent à la cuisine et au lit pour s'attacher les bonnes grâces d'un mâle. Il est hors de question de finir vieille fille, sans mouflet ni homme à soi.

Une fois digérées les dragées nuptiales, elles rêvent d'enfler comme des baudruches. Mères de deux ou trois mioches, elles oublient la crainte qu'elles ont eue de ne pas passer devant le maire. Monsieur devient à leurs yeux un pantouflard encombrant qui n'a plus droit ni aux bons ragoûts du dimanche ni aux siestes crapuleuses. Il a perdu tout crédit, c'est à peine si la tendre épouse d'autrefois le supporte. Des kilos en trop et des rêves en moins, usées par les grossesses, elles replongent avec nostalgie dans leurs photos de jeunesse, du temps où elles étaient libres et minces.

À la télé, les chamelles en folie ne tarissent pas d'indélicatesses pour la conclusion de *Terminus, par ici la sortie messieurs*. Si les misérables qui ont partagé leur existence ne subissent désormais plus leur joug, pensions alimentaires et gestions alternées de la marmaille les obligent à un contact minimum avec les patronnes. Comme un flash, je repense à Régis, un copain de fac de papa, et à la soirée qu'il a passé le mois dernier à la maison. Quelques semaines auparavant, rentrant au bercail, il avait trouvé l'armoire de sa femme vide et un post-it collé sur le frigo. « *Nous deux, c'est fini. Ça n'aurait jamais dû commencer. Ne cherche pas à me joindre.* »

Bien plus porté sur le vin rouge acheté au coin de la rue que sur la ratatouille préparée par papa, Régis était en pleurs. À l'exception de ma mère et de la sienne, les femmes sont des extraterrestres, répétait-il en boucle. Nul ne peut comprendre, ni satisfaire, ces créatures envoyées sur terre pour bousiller la vie des hommes. Mon père avait de la chance d'avoir rencontré maman. Jacqueline, elle, l'a quitté du jour au lendemain, après treize ans de mariage et l'emprunt bancaire pour leur maison à Joinville-le-Pont presque remboursé. Pourtant il la gâtait pour ses anniversaires et avait été jusqu'à renoncer aux entraînements de foot pour qu'elle ne lui fasse plus la gueule. Il ne comprenait plus rien. Mais bientôt le désarroi a laissé place à la colère.

– Ces sorcières voudraient que l'on décode leurs silences, que l'on devine leurs désirs et apaise leurs angoisses. Elles multiplient les reproches, se fâchent sans raison, nous accusent de ne pas les écouter alors qu'elles ne savent pas elles-mêmes ce qu'elles veulent.

Au bord de la crise de nerfs, les cernes creusés comme les falaises d'Étretat, Régis était un vaccin contre l'amour. L'ego aussi abîmé que le cœur, il ruisselait des yeux et du nez à grandes gouttes. Il a dressé le bilan de sa triste vie sentimentale, Jacqueline comme ses autres conquêtes s'était mirée dans la passion qu'il leur avait portée, avant de se lasser de lui. Multirécidiviste de la rupture subie, il avait morflé. Durant sa dernière année d'université, il avait vécu avec une étudiante portugaise dont il était fou, jusqu'à ce qu'elle le quitte le soir de Noël. Après avoir déballé ses cadeaux, elle lui a appris qu'elle le trompait avec un juriste chez qui elle partait s'installer. Ses paquets sous le bras, elle est ensuite allée réveillonner avec son nouveau mec.

– Et dire que je m'apprêtais à lui offrir un cheval, a grogné Régis.

S'étant emballée pour les canassons au retour d'un séjour en Camargue, Louisa s'était abonnée à *Cheval magazine* et inscrite à un club hippique. Fuseaux, cravaches, boots de cuir et mini-chaps avaient complété sa garde-robe. Régis a raconté qu'il avait trouvé pour mille euros actuels un hongre dans *Paruvendu*. L'animal s'appelait Darco. Il comptait le mettre en pension aux Écuries d'Hurlevent dans l'Essonne. Il avait longuement discuté avec les propriétaires du centre équestre, dévoués à leur métier et à leurs bêtes. Il aurait emmené Louisa découvrir son cheval pour le 14 février. Tout était prévu. Manque de bol, elle n'a pas attendu la Saint-Valentin pour le planter.

Régis s'en était donné du mal pour l'apprentie écuyère. Sur le point de casser sa tirelire pour elle, il avait épluché les petites annonces pour dénicher à bon prix l'animal castré, réputé pour son calme et sa docilité. Il avait téléphoné dans toute l'Île-de-France pour sélectionner les professionnels qui devaient héberger son cadeau à poils et à sabots. Foudroyé de douleur, Régis s'est réfugié dans l'alcool, il est devenu sec comme un coucou. Cette trahison lui restant en travers de la gorge, il ne parvenait à avaler rien d'autre que des crudités. Il s'en voulait d'avoir été une andouille.

À l'époque, papa effectuait un stage de fin de cycle à Lyon. Malgré ses invitations, Régis n'est pas venu lui rendre visite dans son appartement de la

Croix-Rousse. Il s'est refermé comme une huître, tout entier à son malheur, faisant le mort face aux relances de ses amis. De retour à Paris, papa a rencontré maman. Ils se sont très vite installés ensemble pour couler des jours heureux. Les mirettes pleines d'étoiles, ils n'en ont pas pour autant mis Régis de côté. Il sortait à peine la tête de l'eau et se reconnectait peu à peu avec le monde extérieur. Bien qu'aux débuts tout feu tout flamme de leur idylle, maman avait de bon cœur accepté le rescapé de l'amour chez elle et dans la vie de son homme, fidèle en couple comme en amitié.

  Plus tard, sous-directeur d'une agence bancaire, Régis a connu Jacqueline. Elle pressentait qu'ils étaient destinés l'un à l'autre. Elle l'a emmené dans des cinémas de quartier revoir ses westerns préférés, elle lui a fait découvrir les brasseries qu'elle avait testées avec ses copines. Elle lui a plu par son assurance, pour les décisions qu'elle prenait pour deux. Elle l'a enveloppé de tendresse et de paroles réconfortantes en lui promettant de bien s'occuper de lui. Qu'il consente donc aux lendemains radieux. Il s'est laissé embarquer dans cette nouvelle liaison et a fini d'émerger de la torpeur dans laquelle il macérait depuis sa rupture avec l'étudiante. Jacqueline serait son pansement. Un amour en chasserait un autre.

Comptable dans sa vie professionnelle comme personnelle, Jacqueline avait programmé d'accéder au statut de mère avant ses trente ans. Régis est tombé à pic. Elle a mis au monde, à vingt-sept et vingt-neuf ans, un garçon et une fille à qui elle a donné les prénoms choisis tandis qu'elle était adolescente. Comme elle l'avait planifié, les bébés ont fait leurs premiers pas dans le jardin d'un pavillon de banlieue. Les premières années se sont égrenées sans accrocs. En couple et père de famille, Régis a oublié son échec sentimental avec Louisa et l'histoire du canasson d'occasion. Bercé par un train-train sans nuages, il a pris du poids et un crédit immobilier sur quinze ans.

Mais Jacqueline n'en avait pas fini avec son plan de carrière domestique. Ayant obtenu la cérémonie à l'église, les enfants et la maison en bord de Marne, elle a troqué son gant de velours contre une main de fer. Grisée par une promotion dans sa société d'assurance, elle s'est employée à tisser plus fermement sa toile au sein de son foyer. À son insu même, Régis est devenu obéissant, tel l'animal castré qu'il avait failli acheter pour son ex. Pour ne pas la froisser, il a coupé les ponts avec ses potes, des ratés irresponsables. Il a pris l'habitude de rentrer son marcel dans son slip et la tête dans ses épaules. Ne lui lâchant pas la bride, Jacqueline l'a fait se brouiller avec sa famille, des jaloux envieux de leur réussite.

Faisant le vide autour de Régis, madame a veillé à le maintenir sous sa coupe, à ce que personne ne puisse nuire à son travail de sape. N'ayant ni la volonté ni l'énergie de supporter des scènes et des lavages de cerveau à répétition, le bonhomme a abdiqué. Émasculé à l'usure par sa bourgeoise, il a été privé de tout ce qui pouvait l'éloigner de ses devoirs d'époux. Jacqueline le tenait dans le creux de sa main. Elle, en revanche, a conservé son harem de copines. Quant à ses parents, ils débarquaient chaque dimanche pour un interminable déjeuner.

– Je suis un pigeon ! L'amour c'est du bidon, un attrape-gogo. Le bonheur est un leurre, on se croit heureux, et boum patatra ! a meuglé Régis.

Il chouinait comme un môme. Son œil noyé de larmes, il s'est blotti contre mon père qu'il avait rappelé la veille, après des années de silence radio. Puis il a juré, un verre à la main, de ne jamais plus perdre de vue ni ses potes ni que le mariage est une prodigieuse arnaque. Il ne se laisserait plus prendre au piège. Lorsque maman est rentrée de son resto entre amies, elle a trouvé Régis reniflant dans les bras de son époux. Son visage a affiché une sincère compassion, elle a tapoté l'épaule de Régis et lui a suggéré de rester dormir. Il a remercié et refusé. Il reviendrait dîner sans tarder, souvent, il fallait rattraper les années perdues.

Suite à ces retrouvailles pathétiques, papa s'est évertué à remonter le moral de Régis. Il lui a passé de longs coups de fil, l'a convié chez nous, l'a emmené faire des expos et des virées entre hommes. Il l'a encouragé à reprendre la photographie, son grand dada d'étudiant, à grimper dans sa caisse et partir en reportage au hasard des routes. Embourbé dans son amertume, Régis n'avait pas le cœur à ressortir son *Nikon*, jadis d'autant plus chéri qu'il se l'était offert à force d'extras comme serveur. Il trouvait du réconfort à grandes lampées de pinard, se sentant si loin du temps des vaches maigres et de l'insouciance.

Peu après son post-it de rupture, Jacqueline était revenue en journée, en douce, récupérer fringues, chaussures, produits de beauté et bijoux. Elle avait griffonné quelques lignes laissées sur la machine à café. Ils s'arrangeraient plus tard pour le partage des meubles, de l'électroménager et du matériel hi-fi. Quant aux enfants, il n'y aurait pas de conflit pour la garde. L'aîné prenait des cours à Londres, dans un internat chic pour lequel Régis ne compte pas ses heures au bureau. Sa sœur l'y rejoindrait l'année suivante. Grâce à son abonnement à l'Eurostar, la famille resterait proche via le tunnel sous la Manche. En attendant la vente de leur maison, Régis pourra y accueillir les ados durant la moitié des vacances scolaires. Jacqueline, hébergée par un ami, dispose d'une chambre supplémentaire pour les recevoir. Elle a pensé à tout. Pour ne pas changer, elle tient les commandes.

Régis se morfond dans son grand pavillon vide de la petite couronne parisienne. Il ne prend plus de photos mais contemple celles de son existence en ruine. Il trimbale une chemise de nuit oubliée par Jacqueline, qu'il sniffe jusqu'à réussir à trouver le sommeil. Il renoncerait à sa Mercedes et à ce qui lui reste d'amour-propre pour exhumer la monotonie matrimoniale d'antan. À la banque, happé par les chiffres et les dossiers à traiter, il parvient à garder le cap. Il attend le soir pour s'effondrer. Il est soulagé d'avoir renoué avec papa qui, loyal, ne le lâchera pas. Régis envisage de reprendre contact avec sa famille et d'autres copains de la fac de Nanterre, tous révoqués sur ordre de madame.

Je repose mon verre de diabolo orgeat et éteins la télé, j'en ai fini pour ce soir avec les hystériques et les lavettes. Demain, j'ai un bac blanc d'économie. Je veux être frais et dispos pour éviter de bâiller au nez de madame Rudant.

Crotte alors ! Rantanplan est réapparu. J'ai cru halluciner en le voyant. Il ne traînait plus dans mes pattes depuis des semaines, j'avais gommé de mon esprit jusqu'à son intrusion dans ma vie le jour de mon anniversaire. Quelle jubilation cela avait de raconter à papa et maman que l'animal s'était volatilisé sur les pelouses de Bercy. J'ai décrit la grille où aucun chien n'était plus attaché, l'aide précieuse mais vaine d'Atika pour tenter de le retrouver.

Mon œil luisant et ma voix trébuchante ont eu l'effet escompté. Le visage abattu, mes parents ont été aux petits soins pour moi durant les jours qui suivirent le drame canin. Ils m'imaginaient accablé. Pour me réconforter, maman m'a préparé mes plats préférés et papa m'a offert des places de ciné afin que j'aille me distraire. Puis ils n'ont plus parlé du Cavalier King Charles, ils ont supposé à mes silences que son évocation me peinait davantage, elle m'exaspérait. Je m'étais enfin débarrassé du clebs, ce n'était pas pour lui rendre un hommage de chaque instant ni pour lui dresser un mausolée.

Mais voilà qu'un ami des bêtes a croisé Rantanplan près de la porte de Bagnolet, errant et le pelage sale, et l'a conduit à la fourrière. Après vérification du numéro d'identification tatoué sur son oreille, une recherche dans les registres informatiques a permis d'établir le lien avec la déclaration de perte enregistrée par mes parents au commissariat. Maman a été contactée il y a deux jours et a gardé le secret pour me faire la surprise au retour du lycée. Mon père a quitté son bureau plus tôt pour récupérer le sac à puces à la SPA de Montreuil, puis l'emmener chez le toiletteur. J'ai cru être en plein délire en le découvrant endormi dans son panier.

En me voyant, Rantanplan a virevolté de joie sur lui-même comme une toupie. Il était à la fête et moi au supplice. Je suis resté sans voix devant le récit de mon père. Le vétérinaire du refuge s'était empressé de le rassurer. Malgré une patte égratignée, le chien s'était montré en pleine forme, et gourmand de caresses auxquelles ses maîtres avaient dû l'habituer. Maman, émue de mon mutisme, a déposé un baiser sur ma joue. Mes parents sont des abrutis. Comme s'il avait quitté les lieux la veille, le cabot retrouve ses marques. Il se poste près de ma chaise durant les repas, il attend dans l'entrée que je revienne de cours, il me suit jusqu'à ma chambre avant de retourner au pied du canapé, la porte lui claquant à la truffe.

Quand il a fallu le sortir faire ses besoins, j'ai failli le pousser sous les roues d'un bus à grand coup de Doc Martens. Son excitation au moindre bruit de clés, ses jets d'urine sur les lampadaires jalonnant les trottoirs, tout me répugne chez ce clébard. Je n'accepterai pas qu'il me pourrisse la vie. Que ce soit au lycée ou à la maison, je vogue à vue, donnant le change pour poursuivre ma route sans être tenu en laisse. Avoir un chien ne fait pas partie de mon plan. Rantanplan n'aurait jamais dû se repointer, je vais me charger de lui et, cette fois, il ne refera pas surface.

J'ai fait mine de ne rien remarquer lorsque le vieux bouc du cinquième étage a laissé tomber son carnet dans le hall de l'immeuble. Aussitôt a-t-il franchi le seuil de la porte que je l'ai ramassé. Tandis qu'il disparaissait au coin de la rue, j'ai parcouru quelques lignes. Des dates, des noms, des notes barbouillées à l'encre turquoise, je tenais son journal intime entre les mains. Je l'ai refermé et fourré dans une poche de mon manteau. L'ancien prof de grec occupe une studette avec chiottes sur le palier. Sa seule vue m'indispose, ses blagues foireuses et ses inflexions de vieille fille me donnent envie de lui arracher la langue.

Soucieux de plaire, il s'applique à entretenir de bonnes relations avec son voisinage. Il bavasse volontiers avec les bonnes femmes et les commerçants, il ne manque aucune fête de quartier. Nul ne connaît vraiment son passé à l'éducation nationale ni ne l'interroge sur les jeunes hommes qu'il ramène dans son antre. Plusieurs fois, je l'ai surpris à loucher sur moi, ce type n'est pas net. Ses petits yeux vicieux, sa façon de se dandiner comme une midinette aux bons mots des uns et des autres, tout sonne faux chez lui.

Avec ses jeans colorés et ses sahariennes, il veut se donner l'apparence d'un homme encore frais, mais ses taches de girafe trahissent sa décrépitude. Auteur d'une demi-dizaine d'ouvrages sur la Grèce antique, il est intervenu à deux reprises à la télé en marge de documentaires diffusés à des heures tardives. Toujours vêtu du même costume à rayures d'après-guerre, l'estomac bombé et le cheveu anecdotique, il gigote sur sa chaise comme s'il avait envie de pisser.

Débitant un pauvre discours sur sa vision du déclin hellénique, le pépère tourne à vide. Il minaude et pose, la bouche en cul de poule. Mêlant citations et calembours, il parle d'une voix chevrotante et glousse de ses propres répliques. Les accents précieux et les manières guindées de Hubert Machin, spécialiste d'un monde aussi délabré que lui, sont risibles. En représentation permanente, il est tel un comédien qui à force d'avoir composé son personnage, finit par prendre son déguisement pour une seconde peau.

Terrorisé à l'idée de tomber dans le néant, le fossile s'escrime chaque année à faire publier un ouvrage, histoire de laisser l'empreinte de son passage sur terre. Délaissé par ses anciens collègues et étudiants, vivant seul dans une quinzaine de mètres carrés, il s'accroche à ses rêves de Panthéon. Ses bouquins ne se revendant même pas d'occase, un pied dans la tombe, il continue d'aspirer à l'éternité.

Découvrir le fond de ses pensées et l'envers de ses sourires mielleux titille ma curiosité. Je vais débusquer les cadavres cachés dans les placards du vioque. Sa vie est là, dégueulée sur du papier quadrillé. Mon planning de révisions du jour honoré, préparation du bac oblige, j'écarte l'élastique du calepin en simili cuir orange. On dirait l'écriture d'un attardé ou d'un élève de CP, des flèches et des ratures s'ajoutent çà et là aux pattes de mouches.

On croit rêver. Le gars tout moisi s'autoproclame artiste maudit, il ne comprend pas qu'on lui conteste le titre de génie. Son journal est truffé de références aux vies d'Allan Poe, de Verlaine et de Baudelaire, auxquels il se compare en dressant d'extravagants parallèles. L'écrivain américain a vu le jour, comme lui, un 19 janvier. L'amant de Rimbaud est né à Metz, lui aussi. À défaut de vivre sous les combles comme l'auteur des *Fleurs du mal*, il porte Charles comme second prénom. Cela ne pouvant être le fruit du hasard, l'intello en toc s'imagine trônant parmi les immortels de la Pléiade. Il se voit, le plus tard possible, triomphant post-mortem sur la montagne Sainte-Geneviève entre Rousseau et Alexandre Dumas.

Au fil des pages, il renouvelle les envolées lyriques sur son allure de dandy, sa taille de guêpe et ses yeux couleur crotte de bique. Il s'insurge contre la horde d'envieux qui le calomnie. C'est un martyr de la littérature, sacrifié sur l'autel des manigances éditoriales au profit de rivaux qui ne lui arrivent pas à la cheville. Il écrit des tartines sur sa précellence, il se lamente sur son sort injuste. Lui, qui mériterait un palais avec des serviteurs dédiés à son confort, a sa vie durant occupé des chambres de bonne.

Du temps lointain de sa liaison avec un réalisateur parisien, il avait logé aux frais de la princesse dans un hôtel trois étoiles à proximité la Tour Eiffel. Frustré de ne plus se faire entretenir, il avait mendié son appartement actuel auprès de l'ancien maire de Paris. Il espérait un loft rive droite, mais s'est vu attribué un cagibi dans le sud parisien.

Sous prétexte qu'il a prodigué ses connaissances aux jeunes générations et que l'État lui devrait soutien et gratitude, il réclame une allocation pour service rendu à la nation. Il refuse de se contenter de sa retraite de prof de grec. Il se pose en écrivain célèbre et cogne sans vergogne à toutes les portes en requérant une tribune dans un hebdomadaire à grand tirage. Il rêve d'un mécène qui l'engraisserait au caviar, lui offrirait de luxueux voyages et les massages de beaux éphèbes. Mais c'est avachi sur son futon, à même la moquette, qu'il barbouille son journal et larmoie, année après année, sur le prix littéraire qu'aucun jury ne consent à lui décerner.

Le cloporte quémande des hommages que personne ne veut lui rendre. Néanmoins, n'ayant de cesse de harceler diverses institutions, associations, académies et fondations, il s'est vu accorder un ordinateur et une bourse de sept cents euros, au lieu de la rente mensuelle de cinq mille euros à laquelle il prétendait.

À en croire pépé Casanova, c'est un super bon coup. Il se vante d'accumuler les conquêtes masculines, mais ses ex ne seraient que des perfides n'ayant pas su rester fidèles au bonheur incommensurable connu entre ses bras. Ce sont d'infâmes traîtres qui ne résistent pas à la tentation de désavouer leur amour. En le rayant de leur vie, ils commettent l'outrage ultime. Ils osent l'oublier, lui, le grand Hubert Machin. Alors il les bombarde de lettres ou de coups de fil en guise de piqûres de rappel. Tantôt sur le mode du reproche, tantôt sur celui du chantage affectif, il les sature de tirades boursouflées pour tenter de les ramener dans sa couche.

À la page suivante, pliée en quatre, je trouve les lignes d'un certain Albéric.

« *Tu vas perdre ma trace. J'ai changé mon numéro de téléphone puisque tu n'as jamais cessé de me relancer, malgré tes messages m'assurant que tu respecterais ma décision de rompre il y a trois ans.*

Peu m'importe d'être tenu pour un trophée parmi d'autres dans ta mémoire de vieux libidineux. Avec toi, j'ai connu le mensonge et l'ennui autour de culbutes navrantes, avant que tu ne te rhabilles pour aller au Leader Price du coin.

Tes délires hargneux sur le reniement, tes leçons de décence et de loyauté sont grotesques. Regarde-toi dans un miroir, les asticots ne sont pas loin. Flippé de bientôt bouffer les pissenlits par la racine, tu fais la tournée de tes ex. Tu geins parce que tes petits amis te quittent et, pas très futé, tu écris les mêmes mots à tous : "Nous ne sommes plus amants, mais ce que nous avons vécu ensemble demeure à jamais, et aujourd'hui nous pourrions être de tendres complices. Je désire t'être agréable, je souhaite que tu conserves de nos amours le même souvenir lumineux que j'en garde, moi."

Allez, j'en ai bel et bien fini avec toi. Va au Diable. »

Voilà qui a dû irriter le colon de Son Altesse. Faisant fi de l'exaspération du damoiseau poursuivi des années durant, il riposte à l'injurieuse missive en relevant là une faute d'orthographe, ici une locution grammaticalement bancale. Au jeune homme qui le somme de lui ficher la paix, il répond qu'à l'époque où il l'aimait à la folie, son niveau de langage était plus soutenu. Occultant tout ce qui pourrait esquinter l'image grandiose qu'il a de lui-même, fier de sa prose, il copie des extraits de ses billets dans son carnet. Tous reçoivent le même baratin, abstraction faite de leur prénom qu'il a l'élégance de changer.

Et le charlatan de se répandre en déclarations mièvres auxquelles seul un bleu succomberait. Il jure à chacun que pas un jour ne passe sans que le cher adonis ne soit au centre de ses pensées. Rien, si ce n'est la mort, n'effacera les moments de grâce vécus avec lui, ils sont à jamais consubstantiels l'un à l'autre. Mais aucun de ses ex ne gobe ses salades, ils ne s'en laissent plus conter et le tiennent à distance. Minet échaudé craignant l'eau froide, le laïus éculé du barbon ne fonctionne plus.

Maman m'appelle pour le dîner. Sauté de légumes et bavarois à la mangue. Papa est bavard ce soir, il nous raconte des blagues. Il parle et rigole en même temps, maman tape des mains. Ils forment un tandem soudé, encore si complice. Petit, j'aurais voulu être un fils de divorcés, jongler entre deux maisons, voir mon père et ma mère redoubler d'efforts pour conserver mon amour après le naufrage de leur union. Apprendre que les parents d'un camarade se présentaient devant le juge aux affaires familiales était devenu banal. En dépit du taux de séparation en augmentation constante, j'ai renoncé à voir mes géniteurs renforcer les statistiques. Je suis malgré moi l'enfant d'un couple stable.

Je tends une oreille vers les atrocités du jour déversé par le journal télévisé, et l'autre vers les anecdotes de mon père. Le dessert englouti, je sors de table. Maman me demande si je n'ai pas trouvé le calepin du voisin du cinquième. Il a égaré ses notes de travail et semble vraiment embêté, précise papa. Je hoche la tête pour dire non. De retour dans ma chambre, je fourre le journal intime dans un tiroir. Si j'en lis davantage, mon estomac va retapisser les murs. Savoir que sous son masque de papy courtois, Hubert Machin nourrit des fantasmes de gloire littéraire et de chair fraîche me donne des hauts le cœur.

Demain c'est mercredi, je passerai l'après-midi avec Atika. On a prévu de voir l'expo Velázquez au Grand Palais puis d'aller goûter chez moi, et plus car affinités. Mes parents ne rentreront pas avant dix-huit heures trente. J'ai hâte.

Du jour où nous avons croqué la pomme, Atika s'est encore plus attachée à moi. Elle réclame de me voir autant que possible, de me parler au téléphone avant de s'endormir. Et lorsque nous devons nous séparer après le lycée ou des heures passées à la maison, elle lutte pour retenir ses larmes. Elle s'éloigne, embuée. Sa virginité perdue entre mes bras, Atika semble avoir déposé une couronne sur ma tête. Je suis devenu son roi, elle s'imagine être ma reine.

Atika m'envoie des mails et des textos dont les alertes s'affichent plusieurs fois par jour sur mon téléphone. Elle m'écrit de longues lettres qu'elle glisse dans ma besace en cuir. Elle cache des mots sous mon oreiller. *Quand tu me quittes, je me sens perdue.* Elle désire que notre amour l'emplisse. Loin de moi, elle est incomplète. Tout son être tend vers nos rencontres, nos étreintes, comme si elle craignait que je ne me volatilise. Elle a du mal à s'intéresser à autre chose qu'à nous, elle voudrait se fondre en moi. Tels deux métronomes qui se synchronisent spontanément, elle se cale sur mon rythme. Elle m'aime à en avoir le tournis.

Belle et exotique, plutôt intelligente, Atika ne se révèle ni meilleure ni pire que ces dindes qui vivent dans l'ombre de leur homme. Convaincues de la vacuité de leur existence sans monsieur, elles tremblent de le perdre. Elles aspirent à être phagocytées par leur compagnon comme si, seules, elles n'étaient que la moitié d'un être. Atika, comme d'autres idiotes, bascule de son plein gré dans la dépendance affective en tombant amoureuse.

Je suis cerné d'êtres faibles. Mon double, mon égal, celui qui devrait combler un vide en moi et m'achever, n'est pas de ce monde. Je me suffis, je suis le recto et le verso, le puzzle entier. Tous ceux qui m'entourent ont des failles si apparentes. Les battements de leur cœur sont telles les pulsations d'une horloge, perceptibles à l'œil nu. Mon handicap n'est pas visible, il est intérieur.

Mon esprit est un kaléidoscope, l'ordre et le désordre s'y agencent selon mes compulsions. Lorsque ma haine de moi-même est trop intense et me cisaille, je fends ma peau pour qu'elle jaillisse. Je voudrais ôter mon armure, me défaire de cette chape de plomb. Une agrafe, une lame de couteau ou la pointe d'un stylo me soulagent en me meurtrissant. Dissimulées par mes vêtements, mes écorchures sur les bras, les poignets et les cuisses cachent celles enfouies en moi. C'est comme si je secouais une bouteille de soda puis la décapsulait pour libérer la pression. Je garde le contrôle de mes émotions.

Ma présence lui étant devenue nécessaire, Atika organise sa semaine de façon à être disponible lorsque je le suis. Elle fait volontiers la navette quotidienne entre nos deux adresses. Comme nous ne pouvons pas aller chez elle, Atika vient se livrer à domicile. Elle multiplie les trajets sur la ligne 6 depuis Buffon jusque dans le treizième, pour regagner ensuite son appartement de la rue Blomet. Sa mère, assistante maternelle, y garde en journée des enfants. Elle en ferait une syncope d'apprendre que sa cadette, qui a trafiqué son emploi du temps, perfectionne ses pirouettes amoureuses avec son mec à la sortie des cours.

Sur le point de repartir, Atika déplore que les heures aient filé si vite. Que nous nous envoyions en l'air ou regardions un film, le spectre du lapin blanc d'*Alice aux pays des merveilles* rôde. Une montre à gousset dans la tête, Atika se gâche l'instant présent en s'inquiétant des minutes qui s'égrènent. Elle aimerait suspendre le temps qui lui semble si long, le week-end, lorsqu'elle ne parvient pas à esquiver une sortie en famille pour venir me retrouver. Elle n'en peut plus d'attendre. Le lundi matin, elle me guette avec impatience à l'entrée du lycée avant de me couvrir de baisers. Être à mes côtés, à la récré ou à la cantine, la rend heureuse. Dans l'espoir que je sois fière d'elle, Atika redouble d'efforts en classe pour compter parmi les meilleurs élèves. Elle s'applique à me plaire.

La deviner prête à chialer au moment des au revoir ou l'entendre rabâcher qu'elle m'adore m'insupporte. J'en ai assez de ses « je t'aime » qui voudraient m'enchaîner. Ses déclarations sur un ton tragique me hérissent le poil. Parce qu'elle a senti qu'elle m'agaçait, Atika tâche de tempérer sa fougue et de ne pas trop me coller. De crainte de me lasser, elle change de refrain, retient ses élans et ajuste ses envies aux miennes. J'admire l'instinct de soumission de son cœur, cette aptitude à entendre le mien, à s'y conformer.

Atika est ma maîtresse, mon élève. Devenue experte en l'art de percevoir lorsque je suis dans de bonnes dispositions, elle apprend dorénavant se faire désirer pour mieux me garder. Elle savoure chacune de mes caresses, le moindre mot tendre. J'aurais détesté qu'elle me suive partout et attende, comme Rantanplan, les miettes à ramasser. Je ne suis pas dupe, je sais qu'elle lutte contre elle-même pour ne pas venir sans arrêt se frotter contre moi. Tant mieux. Cela m'évite de devoir prendre mes distances.

Atika n'a pas à se plaindre. Je suis doux avec elle, je l'embrasse à profusion, je lui écris un texto avant de m'endormir. Je lui donne la main dans la rue, bien que cela me rappelle la maternelle où l'on nous demandait de nous tenir deux par deux. Je suis le petit ami parfait, et à moins de lui filer un rein je ne pourrais pas en faire davantage. Elle est à coup sûr la plus choyée de toutes ses copines. Les autres filles sortent avec des cancres, des machos ou des radins, elle non. Son chéri est un cerveau et, cerise sur le gâteau, il lui ouvre les portes et l'invite au cinéma. Celles-là mêmes qui mettaient Atika en garde contre notre différence d'âge, et ma probable immaturité, rêveraient aujourd'hui de parader à mon bras. Avec moi, Atika a la preuve que le prince charmant existe.

L'enveloppe kraft A4 qui contient sa prolifique prose amoureuse s'est vite remplie. Tel un journal de bord, ses lettres retracent notre histoire, en marquent les étapes, les virages et points forts. Certaines sont interminables, d'autres laconiques, ardentes ou pudiques. Lorsque je me replonge dans son écriture ronde, j'ai l'impression qu'Atika est près de moi, je sens presque son odeur, sa chair sous mes doigts.

Coquin, son dernier poème est longtemps resté dans la poche de mon manteau et, à force de le relire, j'ai fini par le connaître par cœur.

« *Mon amant cannibale*
D'un baiser mon âme avale
Ma passion carnivore
Bouche gourmande me dévore
Damien mon ange
Mon cœur, sous mes seins, mange
Oui oui oui je t'adore.
Ta peau ton âme mes trésors. »

De plus en plus polissonne, Atika est à des lieues de la fille coincée de nos débuts. Je l'ai vue se métamorphoser au fil des semaines, sa gaucherie a laissé place à une sensualité prodigue. Je découvre avec elle des voluptés inouïes. Jamais je n'avais imaginé ces délices, ni au travers des textes que j'avais pu lire ni via les extraits de films pornos regardés sur mon ordinateur. L'un comme l'autre auparavant novices, nous avons fait nos premiers pas ensemble. Atika semble avoir été conçue pour moi, nos corps se confondent d'une manière sensationnelle, j'en reste bluffé.

Atika retrouve parfois son trac des premiers temps, il me faut pour lors la réapprivoiser. Comme si elle prenait soudain conscience d'être nue, elle se contorsionne sous la couette pour ôter sa culotte et ne peut faire l'amour qu'avec les doubles rideaux tirés. Elle oscille de façon surprenante entre lasciveté et timidité, ses bizarreries me plaisent. À nos commencements, c'était tout un cinéma lorsque nous étions au plumard. Ses fesses ou sa poitrine un instant dévoilée, elle paniquait. Ensuite, dans le feu de l'action, elle s'offrait dans des postures classées X. Nos ébats finis, elle veillait à se planquer de nouveau et, le lit en désordre, se tortillait tel un lézard pour dérober son anatomie à ma vue.

Atika me captive. Dès que nous nous retrouvons seuls chez moi, je ne cesse de lui tourner autour comme une guêpe attirée par le sucre, de la toucher, de la presser entre mes bras. Je veux explorer ses coins et recoins, la moindre parcelle de son corps, encore et encore. Elle est mon île, moi son Robinson. Elle est ma terre, mon Amérique, je suis son Christophe Colomb. Je suis devenu accro au contact de sa peau sur la mienne, je raffole de ses courbes, de l'effet que lui font mes caresses. Son talent à me procurer du plaisir et ses soupirs me chavirent, ils me rendent dingue lorsque j'y repense seul dans ma chambre.

Je crois que je tombe amoureux.

Outre ma conquête d'Atika, m'être rapproché de Mathias est une grande satisfaction. Nous nous voyons désormais aussi en dehors des cours. Il vient à la maison et m'invite chez lui. J'ai rencontré sa mère, son beau-père et sa demi-sœur. Chaque jour, il récupère la petite Zoé à l'école, avec un pain au chocolat ou des biscuits pour son goûter. Présente quand je rends visite à Mathias, elle le suit partout, ne le lâche pas d'un pouce. Hissée sur ses genoux ou faisant du coloriage, elle reste sage pendant que nous faisons nos exos ou révisons une leçon.

Mathias est parfois distant, souvent taciturne, il cache un truc. Quelque chose ne tourne pas rond dans sa tête ou avec ses parents, son comportement est déconcertant. Sans raison apparente, il se montre soucieux ou agressif avec son beau-père. Et ni madame ni monsieur ne relève ses silences ou ses pics soudains. J'ai surpris Mathias à écouter aux portes, à fouiner dans des tiroirs. Rien ne laisse deviner ce qu'il cherche à entendre ou découvrir. À les voir en famille, tout paraît aller pour le mieux dans le meilleur des mondes, sauf que cela sonne faux. Un je-ne-sais-quoi cloche. J'ai même aperçu Mathias tenter de retenir sa sœur tandis que son père l'emmenait se promener.

Qu'ils se veuillent attendrissants ou fassent leur show pour être au centre des attentions, les enfants me portent sur les nerfs. Je ne supporte pas leurs babillages et gribouillis ridicules, leurs pleurnicheries pour des riens, leurs pognes sales qui s'agrippent. Ces majestés en culottes courtes ou robes à volants me donnent des envies de meurtre. L'air demeuré des adultes qui s'extasient devant les mimiques et les bons mots de leur progéniture me débectent. Zoé, elle, sait se faire oublier, comme son frère. Cet après-midi encore, elle est restée avec nous. Elle a répété les allers-retours entre le téléviseur du salon et la chambre de Mathias, entre des dessins animés débilitants et nos devoirs d'anglais.

Mathias referme son cahier, il a fini son travail.

Moi aussi. Il va s'affaler sur un gros pouf en cuir tandis que je reste assis au bureau, la joue appuyée sur la main. De cinq ans mon aîné, surexcité, Mathias me parle de son roman de science-fiction préféré. Il m'expose sa théorie sur la fin annoncée des civilisations. Toqué de littérature et de cinéma fantastiques, il ne tarit pas de scénarios hypothétiques sur les avancées technologiques et le règne prochain des machines. Selon lui, les robots évinceront la bestialité inhérente à notre condition humaine et l'intelligence artificielle l'emportera sur les aléas de l'inné et de l'acquis.

J'écoute, amusé, les divagations de Mathias. Il n'a pas foi en l'homme, race gangrenée, et préfère son ordinateur au monde extérieur. Son asociabilité m'intrigue, Mathias détonne parmi les gusses du lycée. Derrière sa virulence, j'entends surtout son refus de vieillir. L'âge adulte, état maudit aux yeux de l'adolescent, ne lui inspire rien de bon. Je décrypte Mathias par petits bouts, je rassemble les indices permettant de dresser une esquisse, et le tableau se dessine semaine après semaine.

Devenir majeur, juste avant les vacances de février, a fichu le cafard à Mathias. Il a semblé porter le deuil d'un pan de son existence. Il a détesté cette impression de page qui se tourne, de perdre celui qu'il était encore la veille. Il hait l'idée de passer progressivement dans le camp des adultes, d'être un grand, comme dirait Zoé. Les autres lycéens s'en réjouissent, se glorifiant de pouvoir obtenir leur permis de conduire ou se faire tatouer sans autorisation parentale. Mathias, portes automatiques fermées, n'a pas répondu lorsqu'on lui a demandé s'il organisait une fête pour ses dix-huit ans.

La conscience de cette mue de lui-même le dégoûte. Vieillir, c'est capituler. La transformation est en branle, le processus d'autodestruction a commencé. Inexorable, graduel, subreptice. Il se retrouve à la croisée des chemins, face à une route qu'il répugne à emprunter. Sa terreur de voir s'effacer de son esprit les vestiges de son enfance me rend perplexe. Cousus les uns aux autres, les éléments de sa personnalité, saisis çà et là, forment l'amorce d'un patchwork. Mathias est un ovni parmi les gars du bahut, il ne sort pas de sa coquille, il demeure opaque.

À treize ans, la majorité me parait loin, mais je me retrouve en lui. Je me reconnais dans sa solitude recherchée. Seuls quelques scientifiques et artistes retiennent son attention, personne dans son entourage ne trouve grâce à ses yeux. Je suis l'exception, l'unique camarade de classe à avoir pénétré chez lui depuis le primaire. Le père de Mathias est mort quand il avait huit ans, en laissant une veuve trentenaire qui s'est remariée quelques années plus tard et a eu un autre enfant, Zoé. Je n'en sais pas davantage.

Des boucles blondes tombant sur les épaules, la mère de Mathias débarque dans sa chambre, coupant court à ses délires futuristes. Une cuillère en bois à la main, elle me propose avec un grand sourire de rester dîner et de me raccompagner ensuite en voiture. J'accepte et appelle à la maison pour prévenir. Mathias fait la grimace, il craint le comportement de son beau-père. À table, armé d'un verre de rouge, l'ingénieur en électronique redouble de stupidité, lâche Mathias en attisant sans le vouloir ma curiosité. Je le rassure. Rue de Vaugirard ou au fin fond de la Meuse, les parents sont rarement à la hauteur. Mathias soupire d'un air entendu et se décrispe un peu.

Mathias considère son beau-père comme un sombre imbécile, un bobeauf. Banal mix entre le bourgeois-bohème et le Bidochon, ce type n'incarnera jamais pour lui ne serait-ce que l'ombre d'un substitut paternel. Par amour pour sa mère, il tolère Roger. Il avait onze ans lorsqu'elle a succombé aux beaux discours de son collègue. Le grand brun venait de plus en plus souvent chez eux. Il offrait des fleurs à la jeune femme, et à lui des BD. Sans enfant ni épouse, il avait jeté son dévolu sur la douce et jolie veuve. Il l'avait bientôt conduite à la mairie puis mise enceinte pour sceller leur union. L'orphelin a vécu, comme dans un brouillard, le mariage de sa mère avec un étranger. Sept ans plus tard, il gardait la sensation désagréable d'avoir été le spectateur d'un mauvais film, le témoin du squat du lit parental et de leur vie.

Zoé étant le portait miniature de sa maman, Mathias a pu l'aimer sans retenue, sans avoir l'impression de trahir de nouveau son père. La fillette l'a réconcilié avec l'existence, ses sourires et ses balbutiements ont mis du baume sur sa douleur. Roger, gaga de son bébé, n'en a pas moins été gentil avec l'adolescent. Il a continué à lui offrir des cadeaux, à lui parler de sport et le complimenter sur ses notes à l'école. S'il s'était résigné à ce que sa mère refasse sa vie, Mathias avait décrété qu'il n'aimerait jamais cet intrus, et il a tenu parole.

Mathias s'interdit de tuer une seconde fois son père en l'oubliant. Il a épinglé des photos du défunt sur les murs de sa chambre, mais il se sent coupable car les années gomment leur passé. Ses souvenirs sont comme des images qui deviendraient de plus en plus floues. Mathias n'ose plus évoquer le disparu avec sa mère de crainte de la blesser, et que sa voix ne se brise. Il m'a parlé du CD qu'elle a glissé sous son oreiller. C'était *On n'oublie rien* de Jacques Brel. Il avait quinze ans, il a écouté le disque en boucle, il a appris à s'habituer au chaos intermittent qui régnait dans son crâne et son cœur à vif.

Le dîner est servi. Amoureuse du Maghreb, la mère de Mathias a préparé un tajine de poulet aux citrons confits. Atika aurait été amusée d'échanger des recettes avec la maîtresse de maison et d'entendre évoquer Marrakech et ses souks, Casablanca et sa promenade de bord de mer. Devant de généreuses portions, la conversation tourne autour du baccalauréat qui approche. La fillette balade ses yeux clairs de droite à gauche puis se met à chantonner « une souris verte » entre 2 bouchées de viande. Fidèle à la description faite par Mathias, son beau-père débite des blagues à deux balles. Son épouse lui décoche des regards bienveillants et, son assiette vide, s'empresse de le resservir. Lui veille à se ravitailler en jaja.

Roger est bâti comme un semi-remorque. Svelte avec une peau de porcelaine, sa femme ressemble à une poupée. Lui a le teint agricole malgré les dix heures quotidiennes devant l'écran de son iMac dernier cri. Avec sa voix grasse et ses paluches calleuses, on pourrait le prendre pour un ouvrier abîmé par le labeur. Pourtant Roger vit dans un quartier cossu et mène une existence de costard-cravate. Il a fait une grande école et occupe un poste de cadre supérieur. Madame, ce n'est pas le même genre. Pomponnée avec soin, délicate et bien éduquée, c'est une bourgeoise des temps modernes qui n'hésite pas à mettre la main à la pâte. Mère aimante, épouse attentive, cordon-bleu et responsable commerciale dans une grande société, elle est tombée dans les filets d'un néandertalien.

Roger est arrivé au bon moment dans sa vie. Il a su gagner sa confiance tandis qu'elle était au plus bas, épuisée, portant à bout de bras depuis deux ans sa souffrance et celle de son gamin. Encore terrassée par la perte brutale de son mari, son prétendant l'a rassurée par son énergie à revendre. La veuve éplorée a aimé la robustesse de Roger qui, lui, s'accrocherait à la vie. Le bonhomme a su trouver le chemin de son cœur, elle a accepté sa demande en mariage, soulagée de pouvoir s'appuyer sur ses larges épaules. Roger a pris en charge le déménagement et les travaux dans leur nouvel appartement. Il a emmené le garçon jouer au ballon dans le square face au grand quatre pièces. Puis la jeune femme a de nouveau porté la vie en elle.

Les joues aussi colorées que le vin dont il a bu plusieurs verres, Roger baragouine en recouvrant la main de Mathias de la sienne. La bouche pleine, le type nous offre une vue plongeante sur sa mastication. Il se remémore les premières amoureuses et gamelles en trottinette de son beau-fils. Sa mère tapote la cuisse de Roger. Qu'il laisse Mathias tranquille, il n'est plus un enfant à présent. Roger dodeline du chef, ému. De toute évidence, il tient vraiment à mon copain de classe. Sans hésiter, très épris de la maman, il a choisi d'adopter le gosse d'un autre, assumant de bon gré le package.

Le dessert à table, Roger conte sa jeunesse à Mauzun, il en a gros sur la patate. Il dégueule son enfance malheureuse en Auvergne auprès de ses grands-parents. Entre deux phrases, il engloutit les cigares aux amandes achetés à La gazelle d'or. Ce sont les préférés de sa Véro. Et Véronique de le considérer avec tendresse. Depuis leur circuit « Désert et casbahs » dans le sud marocain, ils sont adeptes de pâtisseries orientales. Mathias lève les yeux au ciel, je l'imite, il sourit.

Roger nous sert un long chapitre sur ses années de misère. Tout gosse, sa génitrice l'a délaissé pour un routier espagnol. Il faisait un Madrid-Tourcoing. Ils avaient eu le coup de foudre sur une aire de repos. Elle revenait de chez ses parents où elle avait passé le week-end avec son môme. Elle leur a illico ramené l'enfant pour partir avaler du bitume avec Diego. Elle lui rendait visite, vite fait, quand leur trajet les menait à proximité. Du vrai Zola. La maman démissionnaire, à son tour abandonnée par le chauffeur poids lourd, est venue récupérer son fiston qui allait sur ses six ans. L'été suivant, elle a de nouveau disparu, s'étant toquée d'un représentant de commerce.

Parisien, doté d'un beau revenu, confortablement installé avec femme et rejetons, Roger reste englué dans le purin. Les jérémiades continuelles de sa grand-mère le ligotent à sa vilaine enfance. La vieille le bassine avec ses rhumatismes et le tanne pour s'assurer qu'elle recevra bien son virement mensuel. Il a beau lui répéter avoir mis en place un versement bancaire automatique, elle n'oublie jamais de lui rappeler sa dette. Elle l'a pris sous son aile, nourri et soigné, alors que sa propre mère ne voulait pas de lui. Et de lui rabâcher qu'ils l'avaient gardé avec eux à la ferme et l'avaient mieux traité que leurs bêtes, qui comptaient tant pour eux.

Georgette s'évertue à remuer la faucille dans la plaie. Papy en maison de repos, il ne lui reste que son petit-fils. Il est son débiteur à vie, il ne peut échapper à son devoir. Le chameau passe sous silence la privation de repas et les nuits où, puni, il avait dormi dans la paille. Ni elle ni son époux n'avaient cherché à le maltraiter, mais sans lui vouloir de mal, ils l'avaient bousillé. Ayant poussé comme des pommes de terre dans une cave, ils avaient vécu à la dure et l'avaient logé à la même enseigne.

Roger a obtenu son bac avec mention à force de

bûcher ses cours après le lycée et ses corvées journalières. Rêvant de donner un grand coup d'éponge sur sa jeunesse sans loisirs ni copains, il a fui sa vie de péquenaud pour monter à Paris. Il a logé dans une chambre de bonne payée grâce à un job de veilleur de nuit puis, ses diplômes en poche, a dégoté un poste prometteur et balayé ses années de galère étudiante. À coup de livres, il avait franchi tous les murs. Et de chanter, des bêlements dans la voix. « *J'ai pas choisi de naître ici. Entre l'ignorance et la violence et l'ennui. J'm'en sortirai, j'me le promets.* »

Zoé part se coucher, escortée de Mathias. La fillette bordée, son doudou près d'elle, il revient dans le salon. Ses yeux exorbités fusillent son beau-père qui n'en avait jamais autant dit d'une traite, et encore moins devant un camarade de classe. Mathias est consterné. Madame enlace son homme avec compassion. De mon côté, je déguste ce spectacle son et images inespéré. Le trauma béant ainsi étalé de Roger m'offre un billet TGV vers l'intimité domestique de Mathias. Cette soirée va créer un lien supplémentaire entre nous.

Véronique couve d'un regard amoureux son Oliver Twist made in Mauzun. De père inconnu, délaissé par sa mère, l'ancien rien du tout avait fait vœu de se construire une vraie famille. Son cœur à lui n'est pas un fruit pourri. Et Roger de nous resservir une louche de sa misérable vie de garçon de ferme malmené par des rustauds. On a droit aux dernières tentatives de culpabilisation par téléphone de mémé Georgette, qui tremble de claquer seule comme un chien.

La veille, alors que Roger les prend à sa charge, elle a pesté contre les frais médicaux de pépé qui la réduiraient au dénuement. Selon ses dires, elle s'était ruinée la santé à s'occuper de Roger qui coule désormais des jours paisibles, sans se soucier d'elle le moins du monde. Peut-être guette-t-il sa mort pour se jeter sur l'héritage ? Il peut se rassurer, son grand-père et elle partiront bientôt au ciel. Avec ses meubles en bois massif, la longère rapportera un petit quelque chose à la vente. Qu'il n'espère cependant pas dilapider un magot, les temps sont durs et ont eu raison de leur bas de laine.

Roger explique qu'outre le virement mensuel sur le compte en banque des ancêtres, il remplit chaque semaine à distance le frigo de la sorcière grâce à la commande en ligne et à la livraison à domicile du Leclerc de Clermont-Ferrand. Le vieux, placé dans une résidence réputée pour la gentillesse du personnel et la qualité des soins, reçoit les petites douceurs et les revues de pêche dont il est friand. Lorsque Roger prend le train pour faire une visite express en Auvergne, il en revient défait. Deux fois l'an, le brave gars embarque femme et enfants dans son Audi pour aller embrasser les croulants.

Sous l'emprise des reproches de la vipère, il ne réussit pas à s'affranchir de son passé, il en porte le poids malgré les années et les kilomètres. Roger incarne tout ce que j'abhorre, il est l'antihéros. Entravé par sa faiblesse, bridé par les liens du sang, il est captif du jugement des autres. Mathias, à l'agonie, n'ose pas tourner la tête vers moi. Roger vide son sac depuis une quinzaine de minutes en fixant les assiettes, on dirait qu'il a oublié que nous sommes là. À bout de souffle, il se tait et relève son visage vers nous. La maîtresse de maison dépose un baiser sur son front. Mathias le foudroie avant d'emporter ses couverts dans la cuisine. Je lui emboîte le pas.

Dans sa chambre, Mathias donne un coup de pied dans le mur. L'histoire des appels en P.C.V. de la grand-mère, les détails sordides de son enfance exposés sans retenue… ce soir, Roger l'horripile au possible. Il lui a fait honte devant un copain, lui qui n'en ramène jamais chez lui. Mathias ne digère pas que ce timbré soit le mari de sa mère et le père de sa petite sœur. Il me dit qu'il préférerait que je parte, qu'on se verra demain au bahut. J'acquiesce et décampe. Madame m'attend, rayonnante, pour me ramener. *Famille de déglingués.*

Le primaire, le collège et le lycée m'ont montré tout ce que l'école compte d'individus communs. Élèves, corps enseignants et parents confondus, la médiocrité l'emporte. Certains ont dû suivre des cours du soir pour atteindre un tel niveau de nullité. Fils unique, je n'ai aucun besoin d'un parasite qui traînerait dans mes pattes à longueur de journée ou partagerait ma chambre. Sans cet autre qui empoisonnerait mon quotidien, jalouserait mes affaires ou se mettrait en tête de vouloir jouer avec moi, je suis bien, et seul parmi tous.

L'appartement au deuxième étage est mon royaume jusqu'à dix-huit heures trente, souvent même une grande partie du week-end lorsque mes parents le désertent pour des sorties culturelles ou des bouffes entre amis. On ne me traite plus comme un enfant depuis longtemps. Je suis autonome, papa et maman me fichent la paix. Parfois, je les accompagne chez les

Bidules ou les Tartempion et, histoire d'être un bon garçon, j'échange quelques phrases avec leurs ados. Coup de bol, ils ne sont pas à Buffon et rien ne nous oblige à nous revoir. Nous recevons aussi à la maison, je prends sur moi le temps du repas puis me taille dans ma chambre.

Personne n'a une vision complète de moi, chacun n'en possède que quelques fragments, tous croient me connaître. Mon comportement diffère en fonction de mon environnement, je m'adapte. Je suis un caméléon social. À l'encontre de ceux qui rêvent de gloire via une apparition dans une télé-réalité où on les verrait se laver les dents ou le derrière, je tiens à demeurer incognito. Les malins, ce sont les insoupçonnables. On me pense introverti, je suis snob. Je camoufle mon mépris des autres sous des semblants de réserve, je désamorce toute tentative de rapprochement. Apte à me dédoubler, en mode automatique, je peux faire le robot. Mes évitements brouillent les pistes, je donne l'illusion d'entrer dans la danse. Être normal, ne pas sortir des rangs, est à la portée de n'importe qui.

Je ne me prends ni pour du pipi de chat ni pour l'alpha et l'oméga, mais je ne ressemblerai pas à ces surdoués dont la dégaine et les tocs les apparentent à des débiles profonds rescapés de tournois de Sudoku. Je ne serais pas comme ce drôle d'oiseau qui, au collège, exposait en continu sa théorie de la démocratie. Disqualifiés d'office, ces sociopathes sont emmurés vivants dans leur cerveau comme des lions en cage. Sans être en quête d'un clan, je refuse d'être aux yeux de tous un électron libre, de faire partie du club des chtarbés. Je ne deviendrai pas l'un de ces adultes écorchés vifs, démunis et sans arme face à l'univers qui le dévore. Je ne bâtirai pas mon radeau de la méduse en me posant en paria, en affichant une rébellion permanente contre moi-même et les autres, j'opte pour la composition plutôt que la parole sans filtre.

Les garçons du bahut ont quasi tous un asticot dans la noisette. Savoir qui pisse le plus loin, qui a la plus grande collection de jeux vidéo, qui a tripoté le plus de gonzesses. Toujours plus vieux que moi, mes camarades ont voilà déjà plusieurs années commencé à bourgeonner et exhiber, aussi fièrement que ma concierge, une ombre au-dessus de leur lèvre supérieure. Quant aux filles, elles n'ont de cesse de bomber leur torse à la poitrine plus ou moins affirmée et de tartiner leur bouche de gloss.

En cinquième, monsieur Dichat avait voulu pousser la classe à mener des débats, il y a vite renoncé. Encourager des préados léthargiques à se passionner pour l'histoire-géo était peine perdue. Certains élèves, peu convaincus de l'importance de la discipline, ont expliqué qu'ils comprendraient comment fonctionne le monde puisqu'il savait se bagarrer et compter. Monsieur Dichat, robuste et solide comme un chêne, est resté stoïque et s'en est tenu au programme de collège. J'ai continué de recevoir des devoirs et des fiches de cours complémentaires, comme cela était le cas depuis la primaire.

Valider les vannes du moment de rois du Puissance 4 ou de pisseuses me paraît être la meilleure des tactiques. Ces têtes de piaf, imprégnées de leur éducation cathodique, se bidonnent avec des crétineries et s'amusent au gymnase à se faire renifler leurs chaussettes sans songer un instant à leur obsolescence programmée. Plus tard, passé l'âge de vouloir qu'on leur tire sur le petit doigt avant de lâcher une caisse, ils seront ces adultes attardés qui se regroupent pour revoir les dessins animés de leur enfance et arborer les tee-shirts ringards de leurs années collège.

Prévisibles, leurs propos sont creux et leurs cervelles truffées de clichés. Tandis qu'ils en étaient encore à manger leurs crottes de nez, je dévorais des bouquins. Je demeure un miroir sans tain pour des personnes de leur acabit. Chacun ne voit que lui-même et, de moi, que la version que je veux montrer. Aimant à s'entendre jacter, je manœuvre de façon à les faire causer d'eux, je les enfume tous.

À leur mue, dégringolant de l'enfance, les enroués du zizi se sont appliqués à sortir de chez eux, du gel dans les cheveux, leur portable dans la poche de leur jean. Devenues des pros du lisseur-boucleur, les donzelles ont dès la sixième débarqué tantôt avec un brushing impeccable tantôt avec de savantes frisettes. Se déplaçant en cortège, poncées et vernies, elles investissent les toilettes durant les récrés pour réviser leur brillant à lèvres.

Aller en soirée est désormais la priorité de tous, l'heure du roulage de pelles a sonné. Minettes et déchaînés du slip veulent partir en chasse. Elles, se font belles comme pour se rendre à un mariage. Maquillées à outrance, vêtues d'une jupe minimaliste, elles se parent de bijoux fantaisie scintillants. Eux, vérifient leur stock de préservatifs, au cas où. Testostérone oblige, rêvant d'être plaqués au mur par des filles dont les yeux crieraient braguette, certains vendraient leur mère pour avoir leur première relation sexuelle.

Les adultes veulent se convaincre que les enfants sont innocents, et moi je me souviens de ces bambins de maternelle qui ont contraint un nouveau venu à boire leur pisse. Les parents ont été convoqués, ceux de la victime ont crié au scandale et porté plainte pour défaut de surveillance. À l'école des P'tits géants, on a eu le sentiment que le monde tournait à l'envers. Prêter à leurs chérubins la capacité de se transformer en monstres a heurté ces bourgeois. Leurs avortons avaient tout pour être heureux et rien en commun avec des enfants soldats de pays sous-développés. Un goût amer dans le gosier, les adultes ont vu s'abolir la distance avec les horreurs, lointaines et virtuelles, déroulées par le poste de télévision. Le ver est dans le fruit, a-t-on redouté aux lendemains de cette histoire de pipi.

    Mes parents seront toujours là pour moi. À chacun de mes anniversaires, bouleversés, ils me serrent dans leurs bras à m'écraser. Dans notre ancien appartement, ils venaient caresser les photos au mur. Leur amour et leur dévouement sont évidents, mais je suis lucide, je suis seul. Depuis longtemps sevré de contes de fées, la feignasse de Belle au bois dormant un siècle ou Pinocchio le mytho ne m'ont pas abreuvé. Je vomis ces fictions développant la propension des enfants à croire au *happy end*.

Si les années se suivent et se ressemblent, celle de terminale diffère des précédentes. Jamais une fille ou un garçon ne m'avait alors paru digne d'intérêt, leur accorder du temps serait revenu à donner de la confiture aux cochons. Je n'avais eu aucun ami jusqu'à présent, mais depuis quelques mois j'ai Mathias et Atika dans ma vie. Ni l'un ni l'autre ne pourrait présumer que, le jour de mes six ans, j'ai noyé un chaton dans une bassine. Ils ne s'en remettraient pas s'ils apprenaient que j'ai projeté des poussins contre un mur l'anniversaire suivant. À neuf ans, la certitude de ma folie me dévorant davantage, j'ai commencé à faire des insomnies et à me lacérer la peau. J'aurais voulu crever le silence. Je ne saurais dire à quel moment tout a basculé.

Olivier est définitivement perdu pour la nation, il s'est fait circoncire. De retour de l'hosto, fier d'avoir cédé au caprice de sa petite amie, il en a parlé à la gardienne croisée devant sa loge. Il a ensuite raconté son acte de bravoure à son voisin de palier. La nouvelle s'est répandue avant même le coucher du soleil. Le feuilleton des amours explosives du chômeur et de l'étudiante en droit compte une page de plus. Ce soir-là, l'exploit pénien d'Olivier a animé l'apéro de nombre des appartements de l'immeuble. J'ai envoyé un texto à Atika pour lui apprendre la circoncision, à l'âge de vingt-six ans, du couillon du dessus. La petite commère, qui a assisté à divers rebondissements entre les amants terribles, ne souhaite rien louper des aventures de l'amoureux transi.

Le lendemain de l'acte chirurgical, Olivier ne fanfaronnait plus. Les effets de l'anesthésie et des antalgiques dissipés, il a appelé maman à son secours au petit matin. Il lui a remis son ordonnance postopératoire et lui a demandé de passer à la pharmacie, avant de partir au bureau, récupérer ses anti-inflammatoires. La veille, ça lui était sorti de la tête, tout impatient qu'il était de rentrer téléphoner pour avertir Béthanie de son passage au service d'urologie de la Pitié-Salpêtrière.

Une cigarette aux lèvres, Olivier reste accoudé à sa fenêtre depuis trois jours. Il souffre encore mais est satisfait d'avoir pu prouver son amour à sa chérie. Telle Juliette guettant son Roméo à son balcon, il attend la demoiselle qui vient le voir après ses cours à Assas. Histoire de plaire à la nana dont tous les ex, frères, cousins et oncles sont circoncis, Olivier s'est fait couper le bout. Voilà plusieurs mois qu'elle le bassinait avec cette sommation déguisée en requête. Le pauvre bougre, qui tenait à conserver son pénis dans son format d'origine, avait longtemps résisté à l'appel du scalpel.

L'idée que son bidule puisse être tordu ou ne plus fonctionner après l'intervention a tracassé Olivier.

Il a aussi eu peur de morfler, mais Béthanie lui a promis que non et qu'il se sentirait plus viril. Elle se vantait d'avoir changé la vie sexuelle de ses copains. Convertis à la circoncision, les types ne cesseraient de la remercier de ce renouveau anatomique. Elle les avait persuadés de franchir le pas et, à leur tour, ils recommandaient à d'autres d'en faire autant. Olivier demeurait sceptique, il savait la jeune femme disposée à quelques bobards pour le convaincre. À l'écouter, la circoncision c'était du gâteau. Tandis qu'il hésitait encore à céder, il en a parlé à sa bande de potes qui, incrédule, lui a ri au nez en répondant qu'à ce stade ce n'était plus de l'amour, mais de la lobotomie.

Le neuneu n'a donc pas annoncé à ses copains qu'il venait de capituler. Au fond de lui, depuis le début, il savait qu'elle avait pris le gouvernail de son caleçon et aurait le dernier mot. Pour la contenter, il aurait consenti à la greffe d'un troisième pied, histoire de se faire davantage marcher dessus. Comme il déteste les hôpitaux, il avait voulu gagner du temps pour se préparer à l'idée du bistouri. Égale à elle-même, tel un pitbull s'accrochant à sa proie, l'étudiante n'avait pas lâché le morceau. Pendant des semaines, elle l'avait soûlé avec ses lubies de circoncision. C'était devenu pour elle une obsession, il fallait qu'il s'exécute, et il a fini par y passer. Béthanie gagne à tous les coups.

Pour célébrer le premier anniversaire de leur rencontre, Olivier s'est résigné à sacrifier quelques centimètres de peau. C'est son cadeau pour la pulpeuse Congolaise. Sans le lui dire, il a pris rendez-vous avec un praticien et, la mort dans l'âme et dans le froc, a arrêté une date pour l'ablation préputiale. Il a pris le bus pour la Pitié-Salpêtrière en tremblant de trouille, résolu à offrir à Béthanie une verge à jamais décalottée.

Depuis trois jours, Olivier déguste. Il appelle chaque jour sa mère à Dijon pour lui raconter l'évolution de sa cicatrisation. Enchaînant les cigarettes à sa fenêtre, au-dessus de ma chambre, j'entends ses conversations téléphoniques. Héritage des canettes de bière sifflées comme si c'était de la limonade et des clopes fumées quotidiennement, sa voix de râpe à fromage porte loin. Ces jours-ci, de peur que la bête ne sorte de sa torpeur, il évite de boire pour limiter les voyages aux chiottes.

De retour dans sa piaule après l'opération, il a demandé à sa petite amie de le rejoindre, il avait une surprise pour elle. J'imagine sa tête devant le mec lui ouvrant la porte en sous-vêtement, groggy par l'anesthésie générale, mais fier comme un chapon de Noël. Béthanie a compris de quoi il s'agissait en baissant les yeux vers le slibard, à travers lequel se devinait l'organe enturbanné. Il avait abdiqué. Émue, elle a étreint Olivier en prenant garde au bandage. Elle l'a fait asseoir, a disposé un coussin dans son dos et sous ses jambes. Elle a parcouru l'ordonnance prescrite par le chirurgien. Des compresses stériles, une pommade, une lotion désinfectante et des boîtes d'analgésique. Elle n'a pas réalisé que l'imbécile était rentré chez lui les mains vides.

Épuisé par tant d'émotions, Olivier a fini par s'endormir le cœur léger, veinard d'avoir exaucé

Béthanie. Elle a alors téléphoné à une amie. Le nouveau circoncis, a-t-elle frimé, avait résisté plusieurs mois avant de s'allonger sur la table du toubib. La voix vibrant d'orgueil comme si elle venait d'obtenir la Légion d'honneur, elle jubilait. Mais Béthanie a dû interrompre son récit car une envie de pisser a réveillé Olivier. Le crétin s'est mis à hurler de douleur au-dessus de la cuvette. Ça le brûlait, ça le piquait, chaque jet d'urine embrasait sa chair à vif. Il soufflait par à-coups telle une femme sur le point d'accoucher, couinant derrière la porte des toilettes et appelant à l'aide. Partagée entre rire et frayeur, Béthanie est allée secourir son homme plié en deux, cul nu.

Il a raconté à qui voulait l'entendre dans l'immeuble qu'il ressentait comme la morsure d'une projection d'acide. Entre ce que maman m'a rapporté et ce que j'ai perçu grâce aux fenêtres ouvertes, j'ai l'impression d'avoir vécu la scène en direct. Depuis ma chambre, je suis aux premières loges de la piètre existence d'Olivier. Pour être déjà allé dans son petit deux-pièces, je pouvais le visualiser se tortiller dans ses WC, sautillant sur place dans un grotesque jeu de claquettes.

– Tu verras mon ange, tu iras vite mieux, a assuré Béthanie.

– Oui oui, a répondu Olivier ravi de se faire cajoler par sa nana débordant d'attentions inédites.

Menteuse ! Depuis son passage à l'hosto, Olivier trinque. Lorsqu'il a cru que ses malheurs prenaient fin, sa plaie s'est infectée. Si les picotements ont disparu au bout d'une semaine, son membre s'est recouvert de boutons blancs qui l'ont affreusement démangé. Les pansements changés matin et soir et l'antiseptique ne le soulageaient pas. Fiévreux, il est retourné à la Pitié-Salpêtrière où un interne lui a prescrit des antibiotiques et une crème à base de cortisone, en lui recommandant de s'en enduire aussi souvent que possible.

Olivier s'est donc badigeonné le zgeg de pommade jusqu'à dix fois par jour et n'a pas manqué de tenir ses voisins informés de sa guérison. Par chance, il est au chômage et a tout le loisir de faire du naturisme dans son appartement, tel Vendredi sur son île. Il erre, son machin momifié plaqué sur le ventre par un bandage, pour éviter qu'il ne pendouille entre ses guibolles. Quand il descend chercher son courrier, il enfile le boubou en coton offert pour l'occasion par Béthanie.

Aux petits soins, l'étudiante lui fait ses courses, lui prépare ses plats préférés, range ses affaires. Elle le dorlote, le panse, applique sa main fraîche sur son front brûlant. Elle n'avait pas imaginé une circoncision aussi rocambolesque et se sent responsable lorsqu'elle le regarde marcher avec les jambes écartées en Arc de Triomphe. Interdit de câlins, dans l'incapacité d'honorer sa copine pour leur première année d'amour, mais souffrant par dévotion, Olivier se voit dans la peau d'un héros romantique. Enchantée de l'avoir soumis, Béthanie se révèle charmante et reprend foi en lui, multipliant les projets d'avenir. Promu au rang de chevalier courtois, Olivier est au service de sa dame à laquelle il jure adoration et fidélité inconditionnelles.

Cette trêve, comme les précédentes, ne durera pas. Celle où Olivier a renoncé à ses cheveux longs pour plaire à la cheftaine. Celle où, à grand renfort de patchs et de gommes à mâcher, il a en vain tenté d'arrêter de fumer. Avec la volonté d'un gratin dauphinois, il ne peut se sevrer ni de son addiction au tabac ni à Béthanie. La scène qu'elle a faite en le surprenant devant l'immeuble, une cigarette au bec, a été grandiose. Les murs du hall d'entrée en résonnent encore. En ayant eu gain de cause pour la crinière et le prépuce scalpés, le despote en jupon a remporté deux matchs sur trois, mais ne s'avoue pas vaincu. Olivier s'illustrera bientôt sans doute dans un nouvel épisode de carpette humaine.

Il n'y a pas cours cette semaine, je suis en stage. C'est l'incontournable corvée de fin de deuxième trimestre. On veut offrir aux lycéens de terminale l'opportunité de découvrir l'univers merveilleux du travail. Après cette relâche, nous devrions être prêts à nous caler sur les starting-blocks pour la dernière grande ligne droite avant le bac. Les élèves sont surexcités, à croire qu'ils ont gagné à la loterie nationale. Tandis que j'ai autant envie de jouer à l'apprenti gratte-papier que d'aller chez le dentiste, mes parents se réjouissent de cette première expérience professionnelle.

Durant le dîner, entre le fromage et le dessert, maman nous informe de la grossesse de notre voisine libraire. Elle annonce la nouvelle avec des vibratos dans la voix, son médaillon avec les cœurs entrelacés enfermé dans sa main. On dirait que c'est elle qui va mettre bas. Sa propension à être heureuse pour les autres me scotche une fois de plus à ma chaise, elle est si généreuse. Mon père l'écoute avec tendresse. Attendre un enfant est une telle joie, un miracle. Et là, horreur, ils se tournent vers moi avec les yeux embrumés.

De retour d'Espagne d'où est originaire son Joaquin, le sourire jusqu'aux oreilles, Stella s'est confiée à maman. Son énième tentative d'insémination a pris, sa patience et ses économies ont tout compte fait payé. Elle va pouvoir donner une descendance à son bien-aimé qui, comme promis, lui accordera le droit de porter son nom après avoir porté son rejeton. La quarantaine déjà entamée, elle obtiendra dans la foulée le titre de maman puis celui d'épouse.

Prise de rires convulsifs, la bonne femme s'est répandue en détail sur son traitement contre l'infertilité. Elle a tout mentionné, des multiples échographies pelviennes aux diverses analyses de sang selon la période de son cycle, des injections hormonales quotidiennes au retard inespéré de ses règles et, enfin, le test urinaire positif. Pressant les mains de maman dans les siennes, elle s'est vidée sans pudeur, fière de ses tétines qui se dilataient pour se préparer à produire du lait.

Le summum a été la narration de l'écho du premier trimestre. Les deux reproducteurs ont tremblé d'émoi en apercevant gigoter le têtard de trois centimètres, les pulsations cardiaques du fœtus les ayant emplis d'un incommensurable amour. Excitée comme une puce à marée basse, la libraire s'est éloignée en ne touchant plus terre et a laissé maman à ses rêveries, la larme à l'œil après cette diarrhée verbale. Promis, Stella ne lui épargnera rien des prochains mois et de la venue au monde du tube digestif sur pattes. Elles partageront les nausées, les ballonnements et les reflux gastriques, ma mère aura droit à chaque merveilleux micro-événement.

Mes parents gâtifient devant le moindre vermisseau bavant et gesticulant. Ils raffolent des reportages sur les bébés et les familles nombreuses. Papa se rappelle alors l'émotion de voir jaillir la vie des profondeurs maternelles, le bonheur du peau à peau. Me représenter ma mère enceinte, les jambes gonflées par la rétention d'eau et le visage bouffi par les kilos, et papa en transe devant les couches souillées de son poupon, me révulse. Mais le glas a sonné pour maman, bien avant la péremption programmée par dame nature. Suite à des complications obstétriques, son élan de procréation avait été stoppé net. Elle qui rêvait de petits sous chaque bras, d'une maison remplie de voix de gosses, est condamnée à l'enfant unique.

Il m'est facile d'imaginer la tronche de papa, alors âgé de vingt-huit ans, quand sa femme lui a annoncé qu'ils allaient devenir parents. L'œil humecté et hébété, sa main s'est certainement posée sur le ventre habité et encore plat. Le terme prévu de la gestation coïncidait avec l'anniversaire de leur première année de mariage. Maman a dû être étourdie de joie, et d'amour. Grâce à l'embryon que j'étais, leur couple prenait la tournure espérée, ils ont dû m'attendre tel le messie qui donnerait un sens à leur existence.

Il y avait d'abord eu leur rencontre lors d'une exposition Matisse au centre Pompidou, puis leur désir de s'unir pour l'éternité devant Dieu, l'envie aussi de fusionner en se multipliant. Ils espéraient accéder à un confort domestique à l'image des intérieurs vus dans les téléfilms américains. Le mariage, la maison, les chiards. Ils rêvaient du tiercé dans l'ordre. L'été, ils partiraient en vacances à la plage, et l'hiver à la montagne. Ils adopteraient un chien ou un chat, ou les deux. La grossesse était arrivée par surprise, avant l'achat de leur premier appartement, ils n'en revenaient pas de leur chance.

Soudain, le silence. On pourrait entendre une mouche péter. Papa et maman en ont fini de s'extasier du futur bébé des voisins, ils se regardent avec cette expression étrange et pesante, que je sais désormais décrypter. Comme à chaque fois, ils me couvent ensuite des yeux avec un sourire mélancolique. Une nuit où ils me croyaient endormi, je les ai entendus sangloter dans leur chambre. En allant le lendemain fouiller à la cave dans des malles, j'ai trouvé divers documents administratifs, et les réponses à mes questions. J'avais neuf ans. Le voile s'est levé sur leurs airs énigmatiques, ce que j'avais refoulé m'est revenu.

Je suis leur miraculé, la chair de leur chair, leur sang. Je suis inestimable. Avec douleur, aujourd'hui encore, ils se remémorent la terreur qu'ils ont éprouvée lors de l'accouchement en catastrophe, à l'idée de me perdre. Leur blessure subsiste malgré les treize ans qui sont passés. Dans la foulée de la césarienne en urgence, maman avait dû subir une hystérectomie, tandis que ses nouveau-nés étaient placés en couveuse.

J'ai tué mon frère. J'avais cinq ans et lui aussi, c'était mon jumeau. Il s'appelait Xavier, il était ma copie conforme, ou l'inverse. Nous étions de poids et de taille identiques à la naissance, nul n'aurait pu nous distinguer avec certitude. Mes parents eux-mêmes nous confondaient parfois. Durant des mois, maman a gardé ses deux loupiots contre elle. Nous grandissions, suspendus à ses mamelles et, jour après jour, j'ai pris le dessus sur mon double.

À un an, ma courbe de croissance était au-dessus de la sienne. À trois ans, je parlais couramment, lui baragouinait. Assez vite, le pédiatre et mes parents ont perçu le décalage entre nos capacités physiques et intellectuelles. Nous ne nous développions pas au même rythme, je n'avais pas encore été diagnostiqué enfant précoce que lui montrait des signes de retard mental. Nous étions comme deux vases communicants. Il se vidait, je me remplissais. Après avoir aspiré les forces de ma mère in utero, je me repaissais de lui. Insidieusement. Ma motricité et mon élocution se perfectionnaient, lui semblait régresser. J'ai su faire du vélo alors qu'il tenait avec peine sur son tricycle premier âge.

Face à un miroir, nous étions le reflet l'un de l'autre, à peine quelques centimètres d'écart nous différenciaient. Je me rappelle ma confusion, mon sentiment de n'être pas moi. Souvent je me demandais si nous n'étions pas une unique personne. Avec un visage pour deux et une même apparence physique, nous partagions deux corps pour un seul individu. Je me voyais en regardant Xavier. Nous étions une sorte de chimère, il y en avait un de trop.

Mon frère m'adorait, il est devenu mon ombre dès qu'il a su ramper. Plus fidèle qu'un chien, il me suivait partout à la maison ou au parc. Il restait à mes côtés, à vouloir m'imiter, à attendre un signe de ma part. Il avait un grain de beauté sur la joue gauche, le mien est sur la joue droite. Il était droitier, je suis gaucher. Il avait bon cœur, je suis mauvais. C'est le printemps de nos cinq ans, l'année de mon CP, que j'ai supprimé Xavier. Jamais mes parents n'auraient pu me croire responsable de sa mort. En deuil, submergés par d'intolérables tourments, ils ont voulu me protéger en absorbant le drame, en gardant sous silence ce qui ne pouvait forcément être qu'un accident.

Depuis ce jour, j'ai des absences répétées. Ma mémoire s'est figée telle une heure au cadran de la montre. J'ai l'impression de passer par des sables mouvants dans lesquels je tombe et m'enlise. Je ne parviens pas toujours à séparer le réel de ce qui ne l'est pas. Mon esprit s'égare entre vagues réminiscences et souvenirs véritables ou fabriqués, je me sens fissuré en dedans. Xavier me hante. Je ne peux me départir de lui ni être jamais tout à fait moi. Il me faut être un autre, faire illusion.

Nul ne discerne ma vraie nature. Je porte un costume d'ado sur mesure, de jeune lambda, hormonalement programmé pour être ponctuellement en crise avec ses vieux ou la société. Lorsque je vais mal, avec ce sentiment de me jeter en chute libre dans la vie, je demeure un rempart. Aucun psychologue scolaire ni personne n'est alerté tandis que je perds pied, que mon cerveau se tord à se fendre. Je me sens disloqué, j'éprouve comme un malaise diffus, une souffrance distillée au compte-gouttes. Ils sont aveugles, et je suis seul. Mon châtiment est de vivre avec ma faute.

Depuis trois jours, du matin au soir, je découpe des articles de journaux et les résume pour le compte du Conseil d'État. Après la pause déjeuner, le chef du département des missions transversales vient me tapoter l'épaule. Ses doigts en forme de saucisses m'écœurent. À la demande d'un ami de papa, il s'est engagé à me prendre dans son service et sous son aile. Il s'assure que ma semaine de stage se passe au mieux. Imposée aux terminales, elle a pour but de nous permettre de faire nos premiers pas dans l'univers fascinant de l'administration.

Monsieur Lacassagne ressemble aux bons pères modèles des livres pour enfants. Bourru et protecteur à la fois, le bienheureux se caresse la panse avec satisfaction en me bassinant avec les résultats scolaires de ses filles. Chaque jour, il me félicite pour ma revue de presse et m'assure que, plus tard, à force de travail et de persévérance, j'accéderai à un poste à responsabilités comme le sien.

Certains de mes camarades se voient déjà au turbin, impatients de gravir les échelons d'une entreprise et de gagner grassement leur croûte. Je laisse aux minus le mirage de se rêver maîtres du monde depuis leur fauteuil ergonomique en cuir de vachette. Je ne serai pas l'un de ces ambitieux en col blanc qui se considèrent comme les rois du pétrole au volant de leur BMW ou dans les stations bourgeoises du métro. En prenant du grade, d'aucuns se mettent à marcher avec les jambes arquées tels des cow-boys, à croire que leurs attributs se développent avec leur compte en banque. Pour l'heure, je partage le bureau de deux grognasses qui cancanent de neuf heures à dix-sept heures pétantes.

La plus âgée parle des tracas que lui cause son fiston. Elle pleure le temps béni où il venait grimper sur ses genoux et aimait se déguiser en super-héros. Il lui était alors encore possible de rêver au futur prometteur du garçon, aujourd'hui chômeur et fumeur de cannabis. Sa collègue tente de la consoler en assurant que la roue finira par tourner. Elle embraye sur l'accident de mobylette qui a failli la priver d'une patte et énumère les démarches pour obtenir son statut de travailleur handicapé.

À moi la crème de la crème des fonctionnaires, j'ai tiré le ticket gagnant avec ces deux virtuoses de la glandouille. Pause-café après pause pipi, commérage après caquetage, elles doivent bosser moins de trois heures par jour. Lorsque les tire-au-flanc de la compta débarquent, c'est l'apothéose. Réformes sociales ou menu de la cantine, un même combat pour ce cheptel de bras cassés et de révoltés du dimanche. Étourdi par ce brassage d'air, je reste à l'abri derrière mon 21 pouces, je disparais dans le décor.

Ils m'appellent « le gosse » et s'étonnent que je puisse passer déjà le bac, mais ne s'attardent pas sur mon cas. Ils reviennent vite à leurs aspirations pathétiques, à leurs morveux et leurs prochaines RTT. Pour ces méninges de bulot, les migrations vers le distributeur de boissons et l'espace fumeurs sont un dû. Le midi, je déambule dans les rayons de la Fnac des Halles. Hier, un type saucissonné dans son pantalon en skaï m'a suivi. Ces œillades de morue frétillante lui donnaient une allure de satyre. Lorsque le porc s'est posté derrière moi, tentant de renifler mes cheveux, je me suis retourné pour lui balancer mon poing dans la gueule. Il a bredouillé je-ne-sais-quoi avant de déguerpir.

La perspective de devoir partager un bureau avec des moins-que-rien, le postérieur calé devant un écran à horaires fixes, et de rendre des comptes à un chef me soulève l'estomac. À coup de diplômes et de factures, viré de ma jeunesse, il me faudrait attendre un salaire et les congés pour me dire que je mérite de vivre. Je hais cette race qui se contente d'une existence discount et de trimer jusqu'à ce que mort s'ensuive. Comblés par les encouragements de leur supérieur, beaucoup briguent la médaille d'employé du mois en se congratulant du bocal dans lequel ils tournent en rond. Berceau boulot caveau. Ados, pour les discipliner et les empêcher de se suicider avant qu'ils ne se reproduisent, on avait dû les envoyer en stage en leur servant des fables.

Recrue parfaite, cordiale, je respecte le processus de cheminement des parapheurs dans les divers départements du Conseil d'État. Je me sens tel un chercheur devant des souris de laboratoire. Il y a Roxane, la secrétaire zélée, taillée comme une brique de lait, disposée à cirer des pompes et à casser du sucre sur le dos des collègues. Lydia et son cheveu paillasse est la championne toutes catégories. Elle traîne sa rage et une forte odeur de transpiration d'étage en étage. Avec une araignée au plafond, la bedaine en avant et la grosse caisse en arrière, elle se fâche au moindre pet de travers. Envieuse, sans mec ni psy, la vieille fille maudit les femmes enceintes et les promus. Travaillant dur du défrisage, elle vient de porter plainte auprès des syndicats pour harcèlement moral. Certains ont des amis imaginaires, elle a des ennemis fictifs.

Avec ce stage, je suis tombé sur un vrai vivier de gros nases voués à mon classeur de vies de tocards. Ces microbes gavés d'importance m'ont à la bonne, moi qui affecte une volonté d'intégration. La fréquentation de ces branques est une absurde mascarade, je n'ai pas une âme de laquais.

Atika m'a téléphoné ce matin. Cinq jours qu'elle ne m'a pas vu, touché, embrassé, je lui manque férocement. D'abord gauche et intimidée lorsqu'on se retrouvera, elle va ensuite laisser éclater sa joie par une effusion de baisers. Me savoir à quelques stations de métro et cependant inaccessible la déboussole. Elle pourrait me rejoindre en fin d'après-midi, mais je préfère la faire languir pour qu'elle mesure de nouveau la force de son amour pour moi. Son stage se déroule dans une médiathèque, elle y fait du classement et, son travail terminé, bouquine depuis un fauteuil face à de grandes baies vitrées. Si ma gracieuse et méthodique Atika est ravie, Mathias s'ennuie comme un rat mort à la Caisse des Dépôts.

Ces derniers jours, entre la reprise des cours après notre semaine d'escapade professionnelle et ses baby-sittings pour une cousine, Atika et moi n'avons fait que nous croiser. Hier soir, son texto passionné et impatient. Elle avait hâte d'être au lendemain, de passer le mercredi après-midi avec moi.

Arrivée à la maison depuis cinq minutes, assise sur le canapé, Atika est au supplice. Je me tiens debout devant elle, glacial et silencieux. Je sens monter son anxiété. Ses traits tendus se reflètent dans le grand miroir du salon, elle est belle. Je lui jette à la figure que je suis attiré par une autre fille. Estomaquée par la surprise et la douleur, elle fond en larmes. Des mèches de cheveux se collent à ses joues humides, elle s'accroche à ma main et emmêle ses doigts aux miens. Elle est désemparée, ridicule, je m'attends à ce que son nez fasse des bulles.

Je décris à la va-vite une lycéenne rencontrée

dans une librairie de mon quartier. L'ayant elle aussi aperçue parmi des livres, je sais que la coïncidence la frappe. D'une voix tremblante, Atika me supplie de lui dire que je plaisante. Je reste de marbre face à sa rafale d'inquiétudes. Je réponds par des haussements d'épaules et des « je ne sais pas ». Malgré la peine que je lui cause, tout son être me quémande de l'aide, je suis à la fois celui qui la blesse et le remède à ses tourments. Ses pommades saillantes et ses yeux en amande, scintillants, lui donnent l'air d'une bergère mongole.

Je fuis son corps qui se tend avec désespoir vers le mien. Je me recule. Elle se redresse et ravale un sanglot. Je devine sa cervelle en ébullition, elle est à la torture. Je désire que, terrifiée à l'idée d'une séparation, elle perçoive ses limites, sa capacité à me partager pour me garder. Je reste planté à quelques mètres d'elle, scrutant ses réactions. Livide, Atika secoue la tête comme pour en chasser une insoutenable vision. Elle vacille telle une flamme prête à s'éteindre, elle se ratatine sur elle-même, elle n'est plus qu'une flaque sur le canapé.

L'œil inondé, elle me tend sa main, me prie d'approcher. Sa beauté grave m'envoûte. Atika s'agrippe à moi et je sens son cœur qui bat fort contre le mien. Le souffle court, elle murmure qu'elle ne peut pas me perdre. Elle ne conçoit pas que notre histoire finisse et sait, dit-elle, que je l'aime aussi. Sûrement moins qu'elle. À ma façon. Atika est paumée. Elle semble se parler à elle-même, vouloir nous convaincre tous les deux. Elle se réfugie dans mes bras en frissonnant. Elle attend de moi, son tortionnaire, que je l'apaise ou l'achève.

Nous demeurons murés dans le silence. Supporterait-elle que je la trompe ? Oui sans doute se soumettrait-elle, trop éprise pour concevoir une rupture et ne pas finir par accepter une autre fille dans mon plumard. Ma divine ado est entrée en amour comme on entre en religion, elle s'est donnée tout entière, sans retenue ni condition. Elle m'aime comme une droguée est esclave de sa dose quotidienne de poison. Atika est incapable de renoncer à moi, elle est dingue de moi.

Le jeu a assez duré. Nul besoin de l'éprouver davantage pour m'assurer de son attachement. Il ne faudrait pas que quelque chose se brise en Atika, je refuse de provoquer une fêlure qui abîmerait l'image qu'elle a de moi. Je la soulève et l'assieds sur mes genoux, j'enfouis mon visage contre sa poitrine. « *Pardon. Il n'y a personne d'autre que toi.* » Elle écarquille les yeux, médusée, puis s'écroule comme un soufflé. Ses doigts enlacés aux miens relâchent leur pression. Ses larmes coulent dans un dernier déferlement. Elle est à bout de force, sur le point de défaillir.

Je serre Atika contre moi. Elle est excessive, ardente, émotive, vulnérable. Elle est faite pour moi. Je raffole des surnoms qu'elle me donne pendant nos câlins. Je suis son Tarzan, son Terminator. Son corps me subjugue, j'ai pris goût à sa chair, à nos pauses gourmandes où l'on se régale de crème de marron ou de lait concentré sucré avalé au tube. Les éclats de rire d'Atika, tandis que je dis « abracadabra » en faisant glisser mon pantalon, me rendent fou. J'adore l'émoustiller, l'embarrasser aussi. Sa gêne, lorsque je la dénude, m'amuse. Sa peur de Dieu m'intrigue. Coquine et prude à la fois, elle m'excite. J'ai savouré son malaise durant un bain à deux où, les ongles de ses orteils peints et flottants tels des poissons rouges, elle pensait être sensuelle jusqu'à ce qu'une bulle remonte à la surface de l'eau.

Souvent, elle me raconte son enfance. Petite fille, elle donnait de la merguez à sa tortue aquatique qui, devenue énorme, a été relâchée en bord de Marne. Elle me parle avec des grelots dans la voix de sa souris qui, d'abord estropiée, avait perdu la vue et la vie. Elle évoque aussi un cousin roux, frisé comme un mouton, qui déclamait ses sentiments en lui offrant des bonbons. Elle se marre en se souvenant de baby-sittings à Passy où le petit mangeait les coccinelles ramassées sur le parquet en acajou.

Mademoiselle en a aujourd'hui fini avec le nabot entomophage et m'est toute dévouée. Elle me tire par le col pour m'embrasser, et fourre une main sous mon tee-shirt. Tandis qu'au lycée certaines changent de gars comme de coiffure, Atika n'a d'yeux que pour moi et me réserve ses charmes. Elle me répète qu'elle pourrait vivre sans Nutella, sans ses séries TV préférées, mais pas sans moi. Ses audaces et ses textos érotiques m'enflamment. Atika me plaît terriblement. J'aime jusqu'à ses conclusions ponctuées d'un « et patati et patata ». Je me prendrais une grosse claque si tout devait s'arrêter entre nous.

Recroquevillé dans un coin de ma chambre, je pleure sans pouvoir m'interrompre. Je hais cette date qui revient chaque année me broyer de l'intérieur. Ma peau me fait mal, mes membres se contractent à se déchirer, mes os me brûlent. Je relève la capuche de mon sweat pour y enfermer mon crâne, je serre les cordons pour comprimer mes oreilles et ne plus entendre les voix dans ma tête. Je ferme fort les yeux, mais les images ne disparaissent pas. Xavier dans son cercueil d'enfant, mes parents hurlant de désespoir, mon visage lacéré dans le miroir. Je me mords la main pour ne pas crier.

J'ai avalé de la codéine avec un verre de vodka. Je voudrais que mon esprit s'engourdisse, sortir de mon cerveau, perdre mon écorce, m'extirper de mon corps.

Maman et papa ont eu l'air hagards toute la semaine, leurs sourires étaient tristes et leur regard éteint. Je les ai entendus réserver une chambre pour le week-end près de notre ancienne maison de campagne. L'auberge se trouve à l'orée de la forêt où nous aimions nous balader, et du cimetière communal. Ils reviendront les paupières gonflées, emplis de tendresse à mon égard. Je me retiendrai de les frapper, de leur balancer ma rage, mon dégoût de moi-même, ma peur. S'ils savaient qui je suis vraiment, ils souhaiteraient que je meure.

Les voix sont toujours là. Mes tympans se fendillent, ma gorge se comprime. Je n'en peux plus d'être cet autre qui m'observe. Ce dédoublement permanent de moi-même use mes forces. J'ai envoyé un message à Atika il y a une dizaine de minutes. J'attrape le téléphone et tombe sur son répondeur, je renvoie quelques lignes. J'ai besoin de la savoir proche, qu'elle s'accroche à moi, me retienne. Pourvu qu'elle me fasse signe.

Mes parents auraient voulu que je les accompagne, mais c'est inenvisageable, ni aujourd'hui ni jamais. Je suis resté muet, ils n'ont pas insisté. Ce matin, ils ont cherché à me joindre, je n'ai pas décroché et ai supprimé leur message sans l'écouter. Je ne suis pas apte à donner de l'amour, je suis celui qui blesse, qui prend, qui abîme et engloutit.

Mes ongles s'enfoncent dans mes poignets et creusent des sillons. Le mal se diffuse dans mon être. La douleur me soulage. Je sors un briquet de ma poche, la flamme jaillit tandis je l'approche de ma chair rougie. Mes zébrures perlent, je lèche les gouttes de sang. Personne ne peut me secourir, nul ne saurait me comprendre et m'accepter. Je ne mérite pas d'exister. Je suis illégitime. Je cogne mon front contre le mur à intervalles réguliers, le balancement me berce. Les effets de l'alcool et des médicaments s'installent. Un bourdonnement raisonne à l'intérieur de ma cervelle et couvre les voix.

Enfin, je me sens perdre le contrôle de mes pensées. Mes bras et mes jambes se ramollissent, mes épaules se relâchent. Étendu sur le tapis, je suis hypnotisé par la miette de pain rescapée du coup d'aspirateur de la dame de ménage. Papa et maman seraient terrifiés de me trouver ainsi. Ils s'imaginent que m'aimer suffit à me faire grandir, ils sont incapables de déchiffrer leur fils. Je pourrais les aiguiller, pousser un cri de lion comme lorsque, petit, j'étais en colère. Je me tais. Ils se figurent que ma bonne santé physique est le reflet de mon état mental. Ils ne soupçonnent pas à quel point je suis ravagé.

Mon téléphone vibre. Atika m'écrit qu'elle est coincée chez elle, sa mère a invité des amies pour un goûter aussi calorique que bruyant. Entre les gâteaux au miel et les cancans du quartier, elle me lance un SOS ponctué de « je t'aime ». Elle me rapportera, lundi, les pâtisseries épargnées par la voracité des mastodontes en robes orientales. Puis elle m'envoie un portrait d'elle tirant la langue avec une main autour du cou. Je souris malgré moi, je relis son message, j'embrasse sa photo. Elle est mon masque à oxygène.

J'ai l'impression d'être passé au mixer, d'avoir le corps en bouillie. La respiration au ralenti, je regarde la fenêtre d'où, si je me jetais, je ne finirais peut-être qu'en fauteuil roulant. Trois étages plus haut, je serais certain de ne pas me rater. Mes crises s'intensifient avec le temps, je n'en sens pas toujours les signes avant-coureurs. Sans m'y attendre, je tombe dans un gouffre. J'en ressors avec une encoche supplémentaire sur la peau, tel un captif qui trace des traits sur un mur pour compter les jours d'incarcération. Je suis ma propre prison.

Nouveau texto d'Atika. La musique à fond, ça danse chez elle. Les panses et les fesses grand format se secouent au rythme des percussions. Elle aimerait échapper aux youyous pour venir me couvrir de baisers. Moi aussi. Encerclée de femmes se trémoussant comme des patates dans une poêle à frire, Atika trouve le temps long. Tandis que les fatmas se rêvent en Shéhérazade, elle sert le thé à la menthe. Jamais elle ne supposerait que je suis étendu sur le sol de ma chambre, en proie à mes démons.

Demain est un autre jour. Je retrouverai Mathias pour qu'on se fasse une balade à vélo puis une toile. Un film tourmenté et exalté, la jeunesse de grands écrivains américains sur fond de passions interdites et de crime. Lorsque mes parents rentreront dans la nuit, je serai couché.

De retour chez Mathias, des images plein la tête et nos vélos sur le palier, on se pose dans sa chambre. Je m'acharne à enrayer mon encéphale, pour ne pas me retrouver auprès de mon jumeau perdu.

En tailleur sur la moquette, Mathias raconte son week-end en Normandie pour le mariage d'une cousine. Et de décrire les gouttes de sueur perlant sur le front dégarni du prêtre, l'heureuse élue engoncée dans sa robe meringue XXL, le marié avec sa queue-de-pie et son sourire niaiseux. Depuis le parc du domaine privatisé pour l'événement, coincé dans son costume, Mathias a pu apercevoir les convives se bâfrer et s'agiter sur la piste de danse. Ses parents causaient avec des visages croisés une fois l'an. Sa sœur Zoé jouait dans la salle réservée aux enfants.

Mathias poursuit avec les klaxons de voiture et l'arrivée au gîte loué pour les mariés et leurs invités. Il détaille la confection de la bouillasse à base de chocolat en poudre, de beurre fondu et de papier toilette. Face à l'assemblée des amis proches, trônant sur leur lit, monsieur et madame Debicq ont goûté la mixture. Mathias s'est éclipsé au moment où tous s'agglutinaient dans la suite nuptiale. Le lendemain, tandis que la plupart dormaient encore, assommés d'alcool, il a emmené Zoé se promener.

Bref, Mathias s'était fait suer aux noces de sa cousine obèse. Le mépris avec lequel il parle de tonton et tata si fiers de marier leur laideron de trente ans me donne envie de rigoler. Mystérieux à son habitude, semblant évoluer dans un dédale de secrets de famille, il paraît éprouver de la rancune envers le couple. Mathias ne lâche pas des yeux l'horloge accrochée au mur. Roger et Zoé ne devraient plus tarder. De quoi Mathias a-t-il peur ? De toute évidence, le papa poule est réglo et aime la pisseuse au moins autant que lui, loin de toute histoire de maltraitance ou autre dégueulasserie.

Zoé absente, Mathias guette son retour. Son besoin de la savoir dans les parages, de vouloir la trimbaler partout avec lui, tout cela n'a aucun sens. Pas encore. Bien que je n'en souffle mot, je suis convaincu que Mathias a deviné mes interrogations. Par un accord tacite, j'accepte que la fillette nous escorte et il consent, lui le solitaire, à me laisser entrer dans sa vie. Je finirai par découvrir la vérité.

Des voix sur le palier. Puis Zoé surgit dans la chambre, en robe rose à volants. Elle me lance un bisou de la main et se suspend au cou de son frère, soudain détendu. Puis Zoé repart et la télévision du salon s'allume sur un générique de dessin animé. Roger apparaît dans le cadre de la porte et, d'un ton qui se veut complice, nous questionne sur les cours et nos amours. Comme si son beau-père était invisible, Mathias ne réagit pas.

Le quarantenaire fait pitié à nous appeler les joyeux puceaux. Il cherche à se la jouer copain et adulte dans le coup. Que nous n'hésitions pas à le solliciter si nécessaire, il refuse d'être de ceux qui entretiennent le fossé entre générations, même s'il ne s'agit pas de lui raconter nos chatouilles avec des demoiselles. Mathias et moi ne pipons mot. Roger repart en ricanant et en rougissant. Malgré ses fringues et son parfum de couturier, il dégage des relents d'éducation paysanne.

Le dos voûté, tête sur le côté, Mathias s'est désintégré. Je pourrais mettre fin à son embarras par une boutade, tourner en dérision le laïus de Roger, mais je me délecte du silence qui se prolonge. Avec un plaisir renouvelé, j'assiste cet après-midi encore au spectacle de sa honte grâce aux répliques du jour de beau-papa. C'est formidable l'intimité des gens, ça l'emporte à plates coutures sur les programmes télé voyeuristes aux titres racoleurs. *J'ai changé de sexe, je suis une star mais personne ne le sait, mon chien m'aime plus que toi...*

Mathias a vu le jour dans un milieu bourgeois et intello, il n'a rien de commun avec les protagonistes de ce génocide culturel sur petit écran. Avec lui, on est à des lieues des *Affreux, sales et méchants* de Scola ou des déboires d'un lycéen au sein d'une famille de pochtrons. Mathias mortifié, enchaîné à mon regard, c'est mieux que le théâtre de Guignol où maman et papa m'emmenaient le dimanche. Les petits drames du quotidien, saisis çà et là, valent dix mille coups de bâton assénés au gendarme.

Mathias décroche ses pensées du mur pour me demander si je reste dîner. On entend son beau-père chantonner dans son bain. Sa grosse voix couvre le son de la chaîne hi-fi. « *Au soleil, sous la pluie, à midi ou à minuit. Il y a tout ce que vous voulez aux Champs-Élysées.* » Les yeux de Mathias crient grâce. Je pourrais prolonger son calvaire, mais je dois le ménager. Je ne supporterais pas qu'il cesse de me recevoir chez lui, de m'apprécier. Mathias est le seul gars dont je me sois ainsi rapproché. Un pied hors de ma forteresse, je pactise avec l'autre extraterrestre du lycée.

Mathias affiche un visage décrispé tandis qu'il me raccompagne à l'ascenseur. Surnommé l'autiste, perçu comme prétentieux et bizarre par les élèves, il a baissé sa garde et m'accepte comme ami. Il me sort que je pourrai revenir bientôt. J'y compte bien. Si ma précocité fascine, mon entente avec Mathias surprend. Moi le cerveau et lui le schizoïde. On nous observe, on s'efforce de nous aborder. Je laisse certains s'imaginer avoir de bonnes relations avec moi, sorte de faire-valoir à l'intention des profs. Mathias ne daigne pas relever les tentatives de fraternisation. Au bahut, notre duo comme le couple que je forme avec une nana de quatre ans mon aînée, alimentent les ragots auprès d'une grappe de pouilleux.

Je grimpe sur mon vélo pour repartir chez moi. Je roule au hasard des rues, jusqu'à sentir mes cuisses en feu. Bien plus tard, échoué sur mon lit, dans un demi-sommeil agité, j'entends la porte de ma chambre qui se referme sur les chuchotements de mes parents. Lorsque j'étais petit, maman venait toujours dans la nuit pour me donner un baiser et s'assurer que j'allais bien.

Olivier, le voisin du dessus, geint comme un animal blessé depuis près d'une heure. À intervalles réguliers, c'est le silence, puis ça repart. Les mots bafouillés, incompréhensibles, alternent avec les sanglots. Ses lamentations me rappellent les incantations tribales écoutées dans les salles semi-obscures du musée du Quai Branly. Un bruit me fait sursauter. On dirait que ce blaireau s'est jeté contre le mur avant de retomber sur le plancher. La fenêtre de ma chambre ouverte, je peux l'entendre bramer de plus belle.

Je me décide à aller sonner chez le locataire du troisième qui, après de longues secondes, apparaît à sa porte. Les yeux rougis, suffocant, Olivier s'écroule dans mes bras. Je parviens à le faire marcher jusqu'à son canapé où il se laisse choir. Son torse se soulevant au rythme de sa respiration saccadée, il me fixe avec ses globes semblables à un écran d'ordinateur en veille. Aucun son ne paraît vouloir s'échapper de ses lèvres entrouvertes. Avec sa tête d'ahuri, on dirait un mérou qui manque d'air. Il a les traits tirés, il transpire et frissonne.

J'hésite un moment, puis j'appelle les pompiers. Olivier ne réagit pas. Hors service, l'invertébré reste effondré sur son clic-clac, ses cils débordant dans un flot continu. Un vrai déluge. Scotché au poste de TV éteint comme s'il avait pris du LSD, ses billes rouges de lapin albinos écarquillées, le gugusse est à ramasser à la petite cuillère. Avec ses vêtements trop larges pour son corps efflanqué, il me fait penser à un épouvantail. Prostré, tout son être dégouline de chagrin et, tandis que son visage se raidit dans de brefs soubresauts, je crois voir sa poitrine se comprimer à travers sa chemise. C'est une épave.

Il marmonne quelque chose, on dirait qu'il a de la bouillie dans la bouche. Il cherche à agripper mes doigts, sa pogne détrempée me répugne. Je ne reconnais pas sa voix, caverneuse. Je finis par comprendre :

– Elle m'a quitté, elle a rencontré quelqu'un.

C'est donc ça. Pauvre bête va.

Ce matin, j'ai croisé sa gonzesse dans l'escalier, juchée sur des bottes à talons hauts. On aurait dit une amazone, ses formes généreuses ondulant en cadence dans une robe de cuir. Elle venait de piétiner le cœur de son amant et s'en repartait comme si de rien n'était. Amoureuse d'un autre, résolue à le larguer pour de bon, Béthanie n'avait ni aboyé ni proféré d'insulte. Elle a pris des gants pour lui dire qu'il rencontrerait, un jour, une femme qui saurait l'apprécier à sa juste valeur.

Pour l'avoir traité du mieux qu'il pouvait, Olivier ne méritait pas une rupture par texto. L'étudiante a tenu à lui annoncer de vive voix qu'elle avait trouvé celui qu'elle cherchait depuis longtemps, un homme, un vrai. Elle a laissé le couillon bouche bée, sans qu'il ait percuté s'être fait éjecté comme un kleenex usagé. Madame a tiré sa révérence dans le calme, sans cri ni hystérie. Ainsi, leur histoire si tumultueuse s'achève sans éclats ni fracas, dans un dérisoire pschitt.

Ça sonne à la porte.

J'indique le canapé aux deux pompiers qui se tiennent devant moi, une mallette à la main. Ils entrent et se dirigent vers le malheureux, étendu sur un plaid comme du pâté sur une tranche de pain. Comme le gaillard peine à aligner deux mots, j'explique qu'il est sous le choc d'une rupture amoureuse. Ils hochent la tête. Olivier gît, inerte, tandis que l'on prend sa tension et examine ses pupilles. L'un des pompiers dégaine son talkie-walkie pour donner le diagnostic présumé aux collègues restés dans le camion. Une crise d'angoisse. Par mesure de sécurité, Olivier doit être conduit aux urgences psychiatriques. Je propose de l'accompagner. À moi les disjonctés.

Pour Olivier, ce passage chez les mabouls n'est pas une primeur. Il y a déjà fait un saut après un simulacre de rupture de la sadique Béthanie. Ses larmes l'étranglaient, il a cru mourir asphyxié dans sa douleur. Il s'était rendu dans le service psy de Saint-Anne dont il avait entendu parler au JT de 20 heures, à l'occasion des tentatives de suicide de Noël. Ce jour-là, on l'avait écouté puis renvoyé dans ses pénates avec une prescription pour des tranquillisants. D'avoir pris le frais et le métro, d'être entouré, il s'était senti apaisé. Il avait raconté à maman, en détail, cette escale chez les timbrés.

Le trajet en camion est rapide. J'ai le sentiment de passer de l'autre côté du miroir, de pénétrer dans le jouet rutilant de mon enfance. Ça me rappelle les *pimpons* scandés avec excitation lorsque j'étais petit. À l'arrière du véhicule, près de moi, deux jeunes volontaires causent avec le sinistré de l'amour. *Oui, c'est atroce une histoire qui s'achève, mais la vie continue, il faut laisser le temps réparer les blessures et gnagnagna.* Le lascar gémit en claquant des dents, les sons qui s'échappent de sa gorge ressemblent aux feulements d'un chat en train de clamser. Cette peau de vache de Béthanie l'a torpillé.

Le camion traverse une allée fleurie et s'arrête devant un pavillon de briques niché au milieu d'un parc. Je ne m'attendais pas à cette petite maison dans la prairie. Je crains que ne surgisse une fillette aux joues roses, les bras chargés de boutons d'or. Ouf, l'intérieur du bâtiment ramène vite à la morne réalité. Une odeur de désinfectant, des murs jaunâtres, des fauteuils en plastoc, des revues défraîchies et un distributeur de boissons posent le décor. Un pompier m'explique qu'une fois sa fiche d'admission créée, Olivier restera en salle d'attente jusqu'à ce qu'un psychiatre le reçoive et détermine son état.

Terré dans son hébétude, sans reconnaître les lieux dans lesquels il est déjà venu, Olivier se remet à miauler quand le pompier nous salue et s'en va. Saisissant le mouchoir tendu par une blouse blanche, il se vide bruyamment le nez. On perçoit des bribes de phrases entre deux reniflements. *Abandonné comme un chien. Mon cœur saigne. Ma princesse partie.* Pantin démantibulé, il se laisse tomber sur une chaise dans un râle. Autour de nous, un agent d'entretien, un infirmier aux cheveux rouges, et une dizaine de personnes qui poireautent. À disposition, des carafes d'eau en plexiglas sont posées sur des tables basses.

Une quinquagénaire débraillée se frotte à un clodo aviné. Celui-ci s'étale en gloussant sur le lino, avant de se redresser et de se mettre à sautiller, il beugle qu'il voit des mouches partout. Avec un grand sourire édenté, il s'approche d'Olivier et lui frôle le genou pour en retirer un insecte imaginaire. Mon voisin, empaillé, ne bronche pas. L'halluciné hésite puis rejoint le flasque pétard de sa compagne de beuverie. Elle l'entoure de son bras et chantonne à voix basse, il se laisse bercer.

Un homme bedonnant ponctue ses allers-retours le long du couloir d'un « *ce n'est pas ma faute* ». Un type considère le sol comme s'il voulait s'y enfouir. Une femme au maquillage criard tente de masquer un visage salement amoché. À l'écart, un jeune couple s'accroche l'un à l'autre. Plus loin, une dame se plaint des multiples rechutes de sa fille neurasthénique.

Un pépé arrive et prend « *ce n'est pas ma faute* » par la main.

– Sois sage, viens avec papa.

Usé, l'homme porte sur ses traits toute la misère

du monde. Il remonte le pantalon de son givré de fiston et y coince sa chemise.

Olivier a gobé un calmant et ne chouine plus, il est fasciné par le plafond et ne réagit pas lorsque surgit une brune gigantesque au visage difforme. Soûlards, déglingués, *freak*, je me croirais à la fête foraine. Englouti par le vide abyssal de son esprit, Olivier est apaisé. Pour s'assurer de ma présence, il tourne de temps à autre la tête vers moi puis replonge, soulagé, dans son hibernation cérébrale.

La nouvelle venue se met à slalomer entre les chaises en poussant des cris rauques. Les deux étudiants resserrent leur étreinte. La dépressive s'agrippe à sa mère. « *Ce n'est pas ma faute* » continue de marmonner, tandis que son fossile de père verse une larme. Un infirmier prend la démente par le bras pour l'emmener voir les zoziaux à la fenêtre. Avec ses accidentés de la vie et ses agités du bocal, ces urgences psychiatriques m'envoûtent.

Une nouvelle patiente débarque. La chevelure tirée en un chignon impeccable, des perles blanches aux oreilles, un sac à main rouge assorti à ses bottines, elle cale ses fesses pachydermiques sur un siège. Madame se tortille, attrape un magazine qu'elle feuillette d'un mouvement sec, puis approche un gobelet d'eau de ses narines. D'un geste brusque, elle renverse le liquide sur la table. Comme montée sur ressort, elle se lève soudain et, dansant avec un partenaire invisible, brait à tue-tête. « *Il était mince, il était beau. Il sentait bon le sable chaud, mon légionnaire* ». Personne ne réagit.

Le couple d'étudiants vient de quitter l'hôpital, bras dessus bras dessous tels deux oiseaux à l'aile cassée. La jeune suicidaire a été admise pour la nuit. Son téléphone portable à l'oreille, la femme marquée de coups est partie sans avoir vu de médecin. « *Ce n'est pas ma faute* » est dans le bureau du psy, ensuite viendra le tour d'Olivier. La cour des miracles se vide, tandis que la Castafiore continue de grésiller depuis sa chaise. Son maquillage dilué dans les larmes, elle s'attaque au répertoire de Bourvil. « *Non je ne me souviens plus du nom du bal perdu. Ce dont je me souviens c'est qu'on était heureux. Les yeux au fond des yeux...* »

Et le clodo de raconter qu'il occupe un poste clé aux renseignements généraux. Fidèle à ses côtés, la pocharde acquiesce d'un mouvement de tête. Le type sort une carte de son imper crasseux et la brandit sous le nez de la chanteuse qui, horrifiée par le bristol souillé, pousse de petits hoquets stridents. Alerté par les couinements, l'infirmier aux cheveux rouges intervient. Sans moufter, l'agent secret qui refoule du goulot se rassied. Il remballe le carton sur lequel j'ai pu lire « SOS plomberie, devis gratuit 7j/7 ».

Le verdict tombe pour Olivier. Il passera la nuit sous anxiolytiques et surveillance. Sa mère sera là demain par le premier train Dijon-Paris. Le calmant administré auparavant ne fait plus effet et la grande endive chiale depuis « *Le bal perdu* ». Bien que tenté de guetter le prochain arrivage de tarés, je prends le chemin de la maison. Le cœur écrabouillé par sa nana, Olivier n'a pas entendu mon au revoir. J'envoie un message à maman. Elle a trouvé le mot laissé dans l'entrée, papa et elle m'attendent pour servir le dîner.

Si je la quittais, Atika se changerait-elle aussi en loque avant d'atterrir à l'asile ?

C'est l'effervescence dans les classes de terminale. On accueille des enseignants chinois pour la journée. Monsieur Zhuang, vêtu d'un costume trois-pièces et chaussé de cuir luisant, s'est présenté en cours à neuf heures pétantes pour s'asseoir devant le tableau noir. De ma place près de la fenêtre, je remarque la rangée de larges dents blanches alignées dans sa bouche telle la Grande Muraille. Mes camarades observent le fonctionnaire pékinois avec curiosité, s'attendant peut-être à ce qu'il dégaine un sabre de sa poche et s'envole dans les airs. Mais monsieur Zhuang n'a rien d'un samouraï. Ses hochements de tête approbateurs et ses sourires contrastent avec la mine sévère du prof de maths.

Rôdé par vingt années de carrière, monsieur Badou rappelle l'attention sur les exercices d'algèbre. Il est temps de boucler le programme, assène-t-il. Le brouhaha laisse place à des visages crispés. Tous espèrent entrer à la fac ou intégrer une grande école et flippent de rempiler pour une année de plus au bahut. Convaincu de la condition supérieure qui m'attend, ces inquiétudes me sont inconnues.

Invité à venir sur l'estrade, le visiteur tire sur les pans de son veston et ajuste sa cravate. Droit comme un i, les doigts croisés dans le dos, il se poste à côté du professeur. Son accent tranche avec sa maîtrise de notre langue. Les froncements de sourcils de monsieur Badou stoppent net les ricanements. Monsieur Zhuang exprime sa fierté d'être parmi nous, incarnation de l'Europe future, dans un lycée d'élite parisien. Il achève son discours par des remerciements et un salut. La sonnerie retentit.

L'homme part rejoindre ses compatriotes pour le déjeuner. Avalant avec appétit la poule au pot et les tartes au citron, la tablée chinoise est l'attraction du réfectoire et lance, amusée, des coups d'œil aux élèves qui les épient. À l'idée d'un divertissement exotique à l'approche du bac, les terminales ont jubilé de leur venue. L'après-midi se poursuit par de la philo. Le corrigé d'une dissertation sur les concepts de réalité et de vérité intéresse fort monsieur Zhuang. Il prend des notes à tout-va en opinant du chapeau. La leçon finie, le Chinois se campe devant le bureau du prof pour le questionner. Le teint cireux, le pelage délavé et un balai dans le derrière, monsieur Deutans explique : « On est là au cœur du problème... On sent le primate en soi. »

Je retrouve Atika, radieuse et deux meringues à la main, dans la cour. Je déteste ça. Elle pique un fard et s'excuse d'une voix quasi inaudible, je la regarde sans rien dire. Du coup, elle range son goûter dans son sac. Frustrée dans son envie de me montrer l'intensité de son amour bien plus que dans sa gourmandise, Atika se reproche ne pas être à la hauteur. Avec sa sensibilité à fleur de peau, tout prend chez elle des proportions excessives. Elle aspire à tout connaître de moi, elle voudrait répondre à mes besoins et devancer mes désirs, me prouver qu'elle m'est essentielle. Là, elle a le sentiment de faillir à son idéal amoureux. Tout ça pour une misérable friandise.

Alors que nous grimpons dans le métro qui nous mène à la place d'Italie, j'évoque les enseignants chinois. Atika, qui était muette depuis cinq minutes, m'attrape les doigts en souriant. Sa classe a hérité d'une Chinoise volubile et bâtie comme un sumo. Après le chapitre sur les équations différentielles, Momoca s'est vue assaillir par un essaim de lycéennes qui cherchaient à savoir comment dire *je t'aime* en mandarin. Les petites Françaises ont autant pouffé que leur aînée du bout du monde.

Arrivés chez moi, Atika en a fini avec le récit de sa journée et inspecte les lieux. Elle semble vouloir réenregistrer chaque élément du décor dans sa mémoire, s'imprégner de mon univers. Le soir, elle m'imagine penché à mon bureau, la lampe flexible éclairant mon visage qu'elle assure connaître dans ses moindres détails. L'odeur de mon appartement lui plaît, elle se rêve y vivre en couple avec moi. Elle déraille.

Durant les vacances d'hiver, en l'absence de mes parents partis en week-end, Atika a passé deux jours et deux nuits avec moi. Je l'ai sentie au paradis. Se réveiller à mes côtés, préparer les repas que l'on prenait ensuite l'un en face de l'autre, vider le lave-vaisselle, tout l'a rendue joyeuse. Atika soupire après une symbiose domestique avec moi. Elle se figure faisant partie intégrante de mon existence, comblée de partager mon lit et les tâches ménagères. L'horreur.

À dix-sept ans et demi, elle fantasme à une vie rangée. Mariage, bébé et crédit immobilier sur vingt ans. Sans parler de Médor ou de Minou qui compléterait la petite famille avec fille et garçon, indispensables au schéma parfait. Et puis, aux fêtes et anniversaires, nous nous rassemblerions avec mamies et papys, cousins et cousines autour d'une cheminée ou d'un barbecue. Cent fois beurk, plutôt manger des sauterelles.

J'ai treize ans et l'idée de me caser ne m'effleure pas l'esprit, Atika n'est que la première d'une longue série d'amantes. Au fil des carcasses palpées, le souvenir de mes ébats débutants avec ma belle odalisque me paraîtra à des années-lumière, et la caresse de ses cheveux dans mon cou aussi floue qu'un songe.

Une femme envisage d'entrée de jeu un échéancier avec son élu, statut social et progéniture sont à la clé. Ayant capté son intérêt, obtenu ses faveurs, le candidat devient sur-le-champ source d'attentes. L'amour se révèle une projection à long terme, une machine à voyager dans le temps. Dès le premier baiser, avant pour les plus averties, la spéculation mi-affective mi-boursière commence. Sera-t-il à la hauteur de mes espoirs et suffisamment ambitieux pour m'offrir le train de vie que je mérite ? Aura-t-il la maturité pour être un bon père ?

Bien sûr Atika est entière et bienveillante, encore sans le moindre calcul. Pour elle, je suis le plus beau, incomparable, son dieu. Elle vit son premier amour et se livre sans retenue, elle me donne tout, son âme et son corps. Elle ne vise pas la rentabilité mais la passion. Parce qu'elle m'aime de toutes ses forces, elle déplore les moments où nous sommes séparés. Programmée par ses gènes, femme en devenir, elle ne peut échapper à son sexe, le processus du *toujours plus* est enclenché. Elle ne sait pas être pleinement heureuse, vivre le présent sans se préoccuper du futur.

Son tour de l'appartement fait, les lieux et les odeurs réappropriés, Atika s'étonne de l'absence de Rantanplan. D'ordinaire, il se jette sur elle et se presse contre ses jambes en quête de chatouillis derrière les oreilles. Mademoiselle adore les chiens, et comme ses parents n'en veulent pas, elle se rattrape avec mon clébard. Elle l'affectionne d'autant plus que c'est le mien, comme s'il était une extension de moi. Pas une seconde elle n'imagine que j'abhorre cette bête. Elle croit me plaire en le dorlotant, mais elle manque de me filer la gerbe. Ses cajoleries faites au sac à puces, elle se lavait auparavant les mains pour se consacrer à moi.

Je ne passerai plus jamais après le chien, il ne remettra pas ses sales pattes dans ma vie. Il n'est plus des nôtres, je lui ai réglé son compte. Les larmes montent aux yeux d'Atika lorsque je lui raconte que Rantanplan a disparu au détour d'une rue. Elle espère qu'il sera de nouveau retrouvé, reconduit à la fourrière par un bon samaritain. Elle me serre dans ses bras en voulant miser sur ce second coup de chance. Je ne vais on ne peut mieux, mais qu'elle s'emploie donc à me consoler. J'entraîne Atika dans ma chambre.

Le double-rideau tiré, nous voilà nus comme des vers. Elle se ravise soudain, attrape mon peignoir et file à la salle de bain. Elle réapparaît tout sourire, parfumée avec l'huile de douche à l'amande, la vessie vidée. En six mois, pas une fois je ne l'ai entendu tirer la chasse d'eau. Sa parade rituelle avant l'amour, c'est le pipi dans la baignoire. Elle revient légère, prémunie contre un trivial passage aux chiottes en plein milieu de nos galipettes. Savonnée après une journée de cours, elle est certaine de sentir bon de partout. Le regard en coin, elle se campe devant moi. Je ne souffle mot sur son manège, je l'attrape par les épaules et la fais basculer sur le lit.

– Ma brute, mon Damien.

Tantôt pudibonde tantôt affriolante, jonglant avec ses prudes artifices et ses sens en émoi, Atika m'enchante chaque jour un peu plus.

Papa et maman reçoivent leurs amis toulousains pour le week-end. Nos invités s'appellent Nora, Norbert et Norman. Tel Alain Delon qui a doté ses enfants de prénoms commençant par la lettre A, ils ont opté pour la transmission de l'initiale du leur. Pensant que cela donnerait du cachet à leur petite tribu, ils ont poussé le vice aux trois premières lettres. Si les gens ne s'en aperçoivent pas d'emblée, ils se chargent de souligner qu'ils sont une famille en *Nor*.

Maman leur a aménagé la chambre-bureau avec canapé convertible. Le gnome est ravi de la chauffeuse sur laquelle il va dormir, il saute dessus comme s'il s'agissait d'un trampoline. Ses parents s'extasient de la vitalité de Norman et j'ai l'impression d'entendre une pub pour des croquettes canines. Norman jappe et court sans relâche grâce à une alimentation enrichie en oligo-éléments. Son sac de voyage défait, s'étant rafraîchie, Nora réapparaît dans le salon avec des boucles ayant triplé de volume. Je bloque sur sa barbe à papa capillaire tandis qu'elle tend avec satisfaction une boîte enrubannée à maman. Posé sur une étagère, hors de portée de Norman à qui l'on donne la ficelle dorée pour qu'il cesse de s'égosiller, le coffret renferme des pâtes de fruits à la violette, la grande spécialité d'une confiserie de luxe à Toulouse.

Nora a trente-huit ans. Norbert approche la cinquantaine. Ils sont parents depuis deux ans et demi, et d'un conservatisme proportionnellement croissant à l'âge de leur goret. Ma mère et Nora ont travaillé ensemble aux Galeries Lafayette. La jeune femme aimait se confier à sa collègue plus mature. Comme de coutume, maman n'a pas su garder ses distances et est devenue le réceptacle des angoisses et des rêves de l'assistante de direction. Du temps où elle était encore célibataire, Nora venait dîner chaque mois à la maison et se repaissait des albums-photos de mes parents. Elle les questionnait sur leur passage à l'église, sur ma naissance.

Du jour où elle a croisé la route de Norbert, Nora

a eu le sentiment que sa vie commençait. Elle s'est hâtée de ramener le vieux garçon chez nous. Papa et maman avaient auparavant eu droit à l'épisode, in extenso, de leur rencontre lors d'une conférence sur les multimédias à La Villette. Derrière son pupitre et ses larges lunettes, il lui avait tapé dans l'œil. À la fin de sa tirade sur les nouvelles technologies, galvanisée, elle avait osé lui demander de la documentation. Il lui avait remis sa carte, elle l'avait rappelé. Ils s'étaient revus pour un café puis embrassés sur le pont des Arts en joignant leurs mains.

Nora et Norbert sont faits l'un pour l'autre, ils se complètent tels le pot et le couvercle d'un bocal de rillettes. Lisses, incolores, sans saveur, ils forment un tout. Elle est férue de télé-achat, c'est un geek. Elle a la langue bien pendue et le Q.I. d'une méduse, lui a une solide réputation informatique et de mec complexé. Leur couple c'est Laurel et Hardy. Elle est boulotte, lui est grand avec la carrure d'un spaghetti. Norbert appartient à cette race de gens raisonnables qui, au volant, ne passent jamais à l'orange. D'instinct, de peur de ne pas entendre la sonnerie, il se lève cinq minutes avant son réveil. Il a l'inquiétude facile. Toujours positive, Nora a l'optimisme des cons.

Mes parents et les tourtereaux avaient fait connaissance autour d'une raclette. Fière comme si elle avait obtenu un doctorat avec la mention suprême, Nora avait franchi le seuil de la porte, frémissante au bras de son Norbert. Entre deux bouchées de cochonnaille et de pomme de terre, Norbert a parlé de lui. Le salon empestait le Morbier fondu et le mal-être du type. Ne devant pas avoir plus d'importance pour lui que le ficus de l'entrée, il ne m'a pas adressé la parole. Nora s'est empiffrée, les yeux pleins d'étoiles, béate d'admiration face à son Jules qui évoquait sa collection de coquillages. Le conchyliophile a déclaré en posséder plus de deux cents.

Après des aventures sans lendemain, Nora est tombée sur ce rond-de-cuir impatient de fonder un foyer. Norbert était vilain, il avait des théories sur tout, mais il désirait construire un avenir avec elle. Dès leur premier rendez-vous, tout a été clair entre eux. S'ils devaient se revoir, ce serait dans le cadre d'une relation sérieuse. Il avait passé l'âge des liaisons en cul-de-sac et visait à transmettre son patronyme. Pleine d'entrain, Nora était idéale pour lui. Elle l'écoutait avec ferveur en hochant la tête en cadence tels ses chiens de plage arrière de voiture. D'humeur égale et souple comme de la pâte à pain, Nora lui est apparue comme une épouse et une mère convenables.

À trente-deux ans, malgré ses efforts, elle était arrivée vierge dans l'existence de Norbert. Tous avaient décliné l'invitation à accéder à son jardin secret. Avec ses yeux en boules de loto et son désir d'absorber l'autre, elle avait coupé net l'envie à ces messieurs de la culbuter. Ne plus pouvoir se dépêtrer de la pucelle de trente balais qui, croyaient-ils, s'était réservée pour le prince charmant, ne valait pas quelques minutes de plaisir. Nora a confié à maman que Norbert s'était enorgueilli d'être le premier à cueillir son lys. Lui qui n'avait eu que des deuxièmes choix n'aurait plus à souffrir d'être mesuré à d'autres.

D'autres repas ont suivi ces présentations.

Norbert n'hésitait pas à se resservir. Il faisait le plein, manger gratos l'enfiévrait. Il comptabilisait les déjeuners et cocktails dînatoires pris aux frais de l'entreprise comme autant d'économies réalisées. Il ne loupait aucun pot au bureau ou séminaire accompagné d'un buffet. Bien que loin d'être un gai luron, ses collègues ne le snobaient pas car il les dépannait volontiers quand leur ordinateur tombait en rade. N'oubliant pas Nora la gloutonne, Norbert lui rapportait des petits fours emballés dans une serviette de papier et glissés dans ses poches.

Tout juste unis devant le maire, il a obtenu une mutation dans la ville où il avait grandi et fait ses études. Le couple a quitté Paris pour Toulouse. Elle a démissionné des Galeries Lafayette pour le suivre. Durant les semaines précédant son départ, Nora est passée chaque soir à la maison pour pleurer dans les bras de maman. Elle s'interrogeait, doutait, puis se rassurait en regardant ses photos de mariage et sa robe qui ressemblait à une cascade de papier toilette. Elle s'est pliée au désir de son Norbert, laissant derrière elle sa famille et ses attaches.

Sous prétexte que Paris est hors de prix, qu'il serait difficile d'y devenir propriétaires et d'y élever des enfants, ils se sont exilés. Norbert a retrouvé sa bande de potes, ses parents, ses frères et ses cousins. Il s'est remis au volley en salle. Nora a vite pris le pli de sa nouvelle existence en province, et quinze kilos. Il lui répétait qu'ils avaient la belle vie, ne subissant plus le périphérique ni les heures de pointe du métro parisien. Elle a fait siens les arguments de son mari et s'est laissée guider sans se casser la tête.

Durant les fêtes de fin d'année, aux anges, Nora a exhibé une protubérance abdominale qui, greffée aux bourrelets latéraux, a fait de l'ombre au sapin. Épouse et bientôt mère, tout baignait dans l'huile. Comblée par cette promotion sociale, elle nous a gavés avec sa grossesse. De la guimauve dans la voix, elle a raconté le test pipi négatif malgré un retard de règles, puis la prise de sang confirmant son intuition. L'été suivant, nous avons vu débarquer les heureux parents flanqués de leur créature. Hirsute, le nourrisson ressemblait à un singe, il avait hérité du monosourcil paternel et du duvet maternel au-dessus des lèvres.

Basée sur le visionnage de clichés d'enfants, une étude norvégienne affirme que les mômes sont perçus comme mignons jusqu'à quatre ans. C'était sans compter sur Norman, il n'a pas trois ans et est d'une laideur pétrifiante. Sa serviette jetée sur la moquette, un morceau de viande mastiqué gisant devant lui, il gigote sur sa chaise et braille pour sortir de table. Sa mère fait office de décodeur. Norman a envie de s'amuser avec les poissons rouges. Norbert ne bronche pas, tout appliqué qu'il est à saucer le fond du plat. Selon lui, le chef de famille n'a pas pour rôle de pouponner.

Glapissant de joie, l'avorton couvre l'aquarium de traces de doigts et de salive. Il lèche la vitre afin, explique-t-il dans une bouillie verbale, de faire des bisous aux poissons. À gesticuler sans cesse, le petit monstre me donne le tournis et, à défaut d'une roue de hamster pour se défouler, il continue de traumatiser la poiscaille. Sa bouche dégueulasse grande ouverte, il tente de gober l'un des spécimens achetés chez Truffaut. Nora s'extasie du zozotement de son bébé. Le pot-au-feu désintégré, Norbert daigne se tourner vers Norman et le menace de se faire gronder par leurs hôtes. Trop bêtes, mes parents ne tiqueraient pas quand bien même le gosse pisserait dans le salon.

Le mioche lance un coup d'œil sceptique à maman et papa avant d'apercevoir le gâteau posé sur la table. Le voir pulvériser sa part de fraisier et s'en mettre plein la figure me donne envie de le défoncer. Tous mériteraient que je vide mon estomac dans leur assiette à dessert. Tandis que ma mère verse le café, Nora ouvre le coffret de pâte de fruits comme s'il s'agissait d'une boîte de caviar dont il ne fallait pas perdre un grain. Apparaît un bloc quadrillé à l'aspect gluant et à la couleur suspecte, ce truc ressemble à de la crotte. La bonne femme, ultra-fière de son cadeau chic, se retient avec peine d'en révéler le prix.

Je me lève de table au moment où le morveux survolté enfonce son doigt dans la gelée infâme. Le plonger tête la première dans l'aquarium et le maintenir jusqu'à ce qu'il crève me démangent.

Il est quinze heures. Je pars rejoindre Mathias à la piscine de la Butte aux Cailles.

Depuis quelques semaines, Mathias et moi nous retrouvons chaque samedi place Paul Verlaine pour une dizaine de longueurs. Voilà longtemps que j'aurais dû me mettre à la natation pour muscler mon dos. J'ai poussé trop vite et, dès mes premiers mois, j'ai explosé la courbe de croissance. Plus jeune que mes camarades de classe, j'ai toujours fait partie des plus grands, redoublants compris. À dix ans, je mesurais un mètre soixante-cinq. Mon corps comme mon cerveau, voués à surpasser les moyennes établies, me mettent à part.

Selon mon kiné, si je ne multiplie pas les exercices pour renforcer ma colonne vertébrale, je me prépare à de pénibles crises de sciatique pour mes vieux jours. À chaque séance, il me montre une série d'assouplissements à reproduire à la maison. Sauf qu'à mon âge, penser à ménager l'ancêtre que je serai un jour, jaunissant et craquelant comme de la peinture sur les murs, relève de la science-fiction. Autant préparer une expédition sur la lune. Mais lorsque Mathias m'a proposé d'aller nager ensemble, j'ai tout de suite accepté. Lui souhaite s'étoffer et entretenir son souffle d'asthmatique, moi me rapprocher de lui et de ses secrets.

Malgré ses dix-huit ans, le corps fluet de Mathias demeure enfantin. S'il parvient à dissimuler son anatomie sous ses vêtements, il ne pèse pas lourd en bonnet et slip de bain. Son torse est imberbe, comme le mien, et sa taille aussi fine que celle d'Atika. La première fois que nous nous sommes retrouvés devant le grand bassin, débarrassés de nos serviettes, je l'ai examiné de pied en cap. J'ai considéré sa démarche dégingandée et ses arêtes apparentes. Des bras émaciés, des épaules osseuses, des cannes de héron aux longs mollets. Ayant tout comme lui l'air d'une brindille au bord de l'eau chlorée, j'ai noté que mon engin était plus gros que le sien.

Cet après-midi, alors que je plonge dans la flotte

à 28 degrés, la noyade programmée de Rantanplan me revient dans un flash. Voilà près d'un mois qu'il n'est plus de ce monde. J'avais envisagé chaque détail de son exécution. Après des recherches sur internet, le Parc de Sceaux m'est apparu comme le lieu du crime canin parfait. Ce devait être un dimanche, tandis que mes parents s'accordaient un déjeuner en amoureux avec ciné à la clé. J'ai donc acheté une tenaille dans un magasin de bricolage. Pour ne pas être stoppé par un contrôleur dans mon expédition punitive, j'allais museler Rantanplan et lui composter un aller simple à tarif réduit.

Mon clébard au milieu des bois, je trancherai son numéro d'identification d'un d'un coup sec sec. Rantanplan, qui aura auparavant croqué une vingtaine de somnifères, ne ressentira pas la douleur. Les trouées dans les arbres me permettront de voir le château, le grand canal et les promeneurs, sans être repéré. Le chien drogué, mutilé et ceinturé d'une lourde chaîne, je le traînerai ensuite au bord de l'eau. À couvert, Rantanplan sombrera sans se débattre dans le bassin.

Là, nulle bonne âme n'aura le loisir de le repêcher ou de le conduire à la SPA.

Le jour J, j'ai failli flancher. Engourdi, le chiot a rivé son regard au mien avec une telle soumission. J'ai quelques secondes songé à l'épargner, à ne plus être un assassin. Puis j'ai secoué la tête, sorti la tenaille de mon sac à dos, et étendu Rantanplan sur une toile cirée. Il n'a pas bougé d'un poil tandis que j'ai procédé à l'ablation auriculaire. J'ai remballé le tissu plastifié couvert de giclées de sang avant d'enterrer l'oreille sous des branchages. Personne ne pourrait désormais déchiffrer le tatouage du cabot. Shooté, découpé façon Van Gogh, il repose au fond de l'eau.

Tapi au milieu des arbres, j'ai surveillé qu'aucun passant ne vienne pour l'extirper de son tombeau aquatique. Franchissant les grilles du parc sans me retourner, je me suis senti à la fois traître et abandonné. Maman m'a pris dans ses bras et a versé une larmichette tandis que je lui ai raconté que Rantanplan, courant après un pigeon, avait disparu lors d'une promenade dans notre quartier. Malgré des mots qui se voulaient rassurants, j'ai senti qu'elle peinait à croire à une deuxième réapparition miraculeuse.

Mathias m'éclabousse en nageant près de moi. Je le rattrape et nous terminons nos longueurs en faisant la course. Je gagne. Nous passons sous les douches où l'on presse de l'eau dans nos mains pour s'asperger, on rigole. Cette relation change ma vie. Mathias se fiche de ce que les élèves peuvent penser de lui, il donne l'impression de ne pas davantage s'intéresser aux filles. Dingue de romans futuristes et de peintres orientalistes, il vit dans sa bulle et ne se préoccupe a priori pas de la chose.

Ensemble, on écoute du jazz, du métal ou de la nouvelle scène française, on mate des films en noir et blanc ou des superproductions. Mathias apprécie Atika et, selon lui, aucune des greluches du lycée ne lui arrive à la cheville. Qu'elle trouve grâce à ses yeux me la rend encore plus attrayante. Tandis que nous déambulons dans la Butte aux Cailles, il se réjouit d'apprendre qu'elle nous rejoint pour prendre un verre. Il suggère de prolonger la soirée chez lui devant une pizza et le DVD du dernier *Batman*. Sa sœur et ses parents sont absents pour le week-end.

Mon portable vibre, c'est maman. Elle me propose une virée en bateau-mouche avec les Toulousains en *Nor*. Le petit Norman demande après moi. *Pitié !* Non, qu'ils ne m'attendent pas, on est samedi, je rentrerai tard. Mathias fait signe à Atika qui approche. Elle lui fait la bise et dépose un long baiser sur ma bouche. Elle me murmure qu'elle m'aime. On s'installe en terrasse, le serveur nous reconnaît et apporte deux Coca et un diabolo fraise.

Mathias et Atika discutent. Je me sens loin, morose, comme lorsque j'étais gamin et que la conviction d'être méchant me plombait d'un coup. Jamais satisfait de moi-même, je me trouvais sans valeur. Je me mordais ou me tapait la tête pour me châtier d'être celui que j'étais.

Sur les conseils d'un psy, mes parents ont tenté de me faire part de leur deuil, de libérer ma parole. J'ai coupé court à leurs maux. Je ne veux rien entendre de la perte de leur autre enfant, de la mort de mon jumeau. À cause de moi, ils versent des larmes de sang et, la voix pourtant pleine de tendresse, répètent mesurer la chance de m'avoir dans leur vie. Leur révéler que Xavier n'est plus là par ma faute les consumerait. Je ne peux pas, eux aussi, les perdre. Tromper mon monde est ma nature. Je suis morcelé en dedans.

Voilà presque quatorze ans, découvrant qu'une grossesse gémellaire monozygote était en cours, mes parents ont été sur un petit nuage. Ils allaient fonder la famille rêvée dès leur premier essai, le quatuor désiré par tant de couples. L'échographie du cinquième mois les a vite ramenés sur terre. Avec un rythme cardiaque alarmant, le cordon ombilical de l'autre l'étranglant, l'un des fœtus était en danger. Il risquait de laisser sa place à son coloc qui aurait continué de grandir près d'un cadavre flottant et rabougri. Mes parents sont ainsi passés de l'allégresse à l'effroi. Durant les mois qui suivirent, ils ont vécu dans la terreur de perdre leurs garçons. Ils n'ont repris leur souffle qu'à la sortie de la maternité, leurs nouveau-nés blottis l'un contre l'autre dans un couffin.

L'accouchement par césarienne avait été réalisé en urgence, il en allait de la survie des bébés. C'était une question d'heures, la matrice endommagée menaçait de tuer la jeune parturiente. Sages-femmes et aides-soignants se sont activés autour de l'obstétricien qui a délivré les jumeaux avant de réaliser, in extremis, une hystérectomie. Maman est devenue une mère et une coquille vide le même jour. Après une période de soins et d'observation, elle est rentrée chez elle avec une large cicatrice sur le ventre.

Longtemps, je me suis esquivé dans ma chambre tandis que je sentais la douleur parentale prête à jaillir. Qu'on ne m'impose pas ma préhistoire. Vautré sur mon lit, je fixais le plafond recouvert d'étoiles phosphorescentes pour mon entrée au CP. J'étais à l'époque passionné d'astronomie, papa et maman croyaient me faire plaisir en collant cette constellation de plastoc au-dessus de ma tête. Ils avaient tout faux. La vie est injuste, et les enfants ingrats. Petit, j'ai laissé mes parents gober mes bisous pour les rassasier d'amour. Aveuglés par leurs sentiments, la gorge nouée et la bouche close, ils restent mes obligés et ne demandent qu'à être abusés.

À ma mère, j'ai tout pris, son sang pour faire le mien, ses entrailles pour y germer, son lait pour me fortifier. Je l'ai maintenue en alerte, dans un état d'inquiétude constant, alors qu'elle me portait en elle, puis dans ses bras. Elle a été réduite en esclavage nuit après nuit durant des mois. Elle m'a sacrifié sa silhouette de jeune fille et la fermeté de ses chairs. Elle donnerait sa vie pour moi, et cependant l'idée de passer une soirée en tête à tête avec elle me file des haut-le-cœur.

Atika et Mathias se tournent en même temps vers moi en se marrant, je reconnecte et reviens parmi eux. Atika embrasse le dessus de ma main, le soleil de printemps inonde le ciel et ses cheveux.

« *Hubert,*

Ces lettres où tu revisites notre histoire, comme ton besoin de t'admirer dans l'amour de l'autre ou ton angoisse à l'idée d'être détrôné, me répugnent. Que tu aies cru pouvoir réapparaître dans ma vie ne m'étonne guère, apprendre que tu en as relancé d'autres, non plus. Sans doute as-tu peur de mourir sans personne à tes côtés. Tu es déjà si vieux et, seul, tu l'as toujours été. Tu es tel le cafard dont on dit qu'il serait l'unique rescapé d'une catastrophe nucléaire, tu te cramponnes aux autres et survis à tout. Ton cœur est un cimetière, tu ne fais plus illusion, mais tu n'as pas l'élégance de baisser le rideau et de quitter la scène.

Oust, du balai, crève une fois pour toutes. »

Je replie la feuille et la remets dans le carnet du locataire du cinquième étage. Une dizaine de jours après la disparition de son journal, Hubert Machin a retiré le mot scotché près des boîtes aux lettres. Il a renoncé à retrouver ce qu'il qualifie de notes de travail. Ce dégénéré ignore que je détiens le déversoir de ses délires et turpitudes. Ma dernière lecture m'a écœuré au point que je ne veuille pas m'y replonger de sitôt. Aussi pudique qu'une chienne en chaleur, le prof de grec retraité relate ses tentatives de reconquête d'anciens mignons auxquels il adresse le même courrier.

À bout d'arguments pour essayer de ramener les galants dans son lit, amer, il en est réduit à répertorier leurs imperfections physiques. Ces soubresauts épistolaires et ses arrangements avec la réalité occupent une grande partie de son temps. Il renvoie à certains les photos prises dans des moments d'intimité, à d'autres des alexandrins pour leur anniversaire. Mails, textos ou courriers postaux lui donnent l'impression de faire table rase des années écoulées sur le compteur. Aucun ne revient à lui, misant sur la prochaine canicule pour l'emporter.

Pissant dans son froc à l'idée de faisander

bientôt entre quatre planches, la momie intensifie publications et harcèlement amoureux. La perspective de disparaître de la surface de la Terre sans laisser de traces le fait baliser à mort. Il se figure pouvoir s'incruster dans la vie de beaux mecs comme dans la mémoire de milliers de lecteurs. Qu'il s'agisse d'obtenir les faveurs de son éditeur ou d'un jeune homme, faire la manche constitue son activité majeure. À défaut d'avoir pu remettre le grappin sur un ex, il a soutiré un ordinateur portable aux éditions des Langues mortes à force de lamentations.

Que des freluquets puissent le repousser et prétendre être heureux sans lui, le spécialiste des civilisations antiques, lui paraît une aberration. Il estime avoir été une lumière dans leur vie, leur ayant offert une passion digne d'un grand roman. Pour se convaincre d'avoir compté pour eux, il énumère les preuves d'amour reçues et mentionne un coffre renfermant des centaines de lettres ardentes. Il catalogue ses anciens partenaires et détaille leur gabarit, la couleur de leurs yeux, de leur toison. Il se vante d'avoir été le premier à obtenir les grâces de la plupart d'entre eux. Je bouillonne lorsqu'il s'attarde sur ses rencontres avec des lycéens. Les cadeaux, les serments, le temps pris à chacun, monsieur le nombril du monde fait son inventaire et ses comptes.

Machin s'enorgueillit d'avoir été un infidèle jamais démasqué. Il note sa vigilance à couper le son du répondeur quand l'un ou l'autre débarque chez lui. Il explique faire le mort lorsqu'on sonne à sa porte et, prétendant craindre des importuns, demander à son petit ami de ne pas faire de bruit. Il raconte qu'à une table de café avec l'un, il se précipite aux toilettes tel un diarrhéique quand il croit en apercevoir un autre. Pour chasser un damoiseau et accueillir le prochain, il prétexte des lignes à pondre de toute urgence. Il reprend une douche et se parfume de nouveau, de la tête à la zigounette, dans l'attente du jouvenceau suivant. Je suis au bord du vomissement.

Je lis qu'il fréquente ces temps-ci deux étudiants de première année de fac, chacun ignorant l'existence de l'autre. Il faut être demeuré, ou avoir un sacré pète au casque, pour tomber dans le panneau du manipulateur mégalo et échouer dans son pieu. Machin fanfaronne et rapporte comment il convainc les minets réticents de l'honneur qui consiste à partager sa couche. Seule importe sa condition d'artiste, pas leurs cinquante ans d'écart. En quête perpétuelle de peaux neuves contre lesquelles frotter sa barbaque en décomposition, la raclure tente le tout pour le tout.

Je lutte pour ne pas refermer le carnet. L'exposé nauséabond et obscène de ses laborieuses secousses, les mensonges à tout-va, la poursuite des ex alors que d'autres corps défilent sous le sien... Des scènes me reviennent, comme ce gars déjà croisé à ses côtés qui, un matin, est sorti en larmes de l'immeuble. Je comprends soudain le manège et les politesses d'Hubert Machin, et ça me met les nerfs.

Je tends l'oreille. Ma mère est dans l'embrasure de l'entrée et je reconnais les intonations bêlantes du vieux libidineux. Quand on parle du loup... La porte refermée, maman annonce à papa une coupure d'eau pour le lendemain. Toujours à vouloir faire du zèle auprès des locataires, le bonhomme est le roi des lèche-culs.

Je reprends ma lecture et m'attarde plusieurs fois sur certains passages tant je crois halluciner. C'est à mourir de rire, le barbon s'autoproclame dieu du plumard. Il s'imagine titulaire d'une chaire à la Sorbonne, être appelé « maître » et occuper un appartement à l'Académie française. Dans une version homo d'un tube des années 70, il rêve que partout dans la rue on parle de lui, que les garçons soient nus et se jettent sur lui.

Les élucubrations et jérémiades du mythomane alternent avec d'interminables paragraphes sur sa courbe de poids. Son humeur variant avec les chiffres de sa balance, Hubert Machin y grimpe comme on monte à l'échafaud. Selon la sentence, il tire une tronche d'un mètre de long ou se la joue Sœur Sourire. Mince rime avec grand-prince, écrit-il. Obsédé par sa ligne, il truffe son journal de détails sur ses repas et son transit. Porté sur le saucisson et le pinard, il talonne l'empâtement et sa haine des gros en s'injectant une dose de laxatif dans le croupion. Il se vide au réveil, puis gomine son unique mèche pour en ceindre sa boule de billard. Ramoné, le plumage luisant, avec le sex-appeal d'un calamar, il part à la chasse au jeune mâle.

Le vicelard est débusqué, je vois clair dans son jeu de masturbation mentale. Son ego démentiel transparaît à chaque page. Paranoïaque, tordu, maniaque, hideux, aigre, suffisant, Hubert Machin n'est que fausseté. Ne plus pouvoir consigner sur son carnet les hommages rêvés et les outrages subis, quelle tragédie pour ce grand esprit qui soupire après la notoriété. L'hypocrisie de l'esbroufeur va bientôt être étalée sur la place publique.

Ce matin, deux types discutaient dans la rue. L'un d'eux se demandait comment des parents adoptifs réussissaient à sélectionner un gosse asiatique ou africain dans un orphelinat où tous se ressemblaient. L'autre lui a précisé qu'il n'était pas permis, comme à la SPA, de choisir. Pour ces lourdauds, la télé est une bible, la référence ultime. Au chaud dans leur salon, le ventre tendu et la conscience en berne, ils sont hypnotisés par le spectacle d'un tsunami ou d'un crash d'avion. Puis le drame est zappé au profit de l'exil fiscal d'un acteur ou de l'actualité d'une chanteuse dont le sac à main vaut dix fois le salaire annuel au Bangladesh.

Les neurones atrophiés par le petit écran, cons comme des boulons, certains se repaissent de clichés. Exaspérée, Atika ne répond plus à sa gardienne qui, dès qu'elle l'aperçoit, évoque son séjour en club à Djerba ou le dernier couscous ingurgité. Pour l'idiote et ses congénères, le JT est gobé tout prémâché. Tous de croire l'hexagone envahi de politiciens véreux et de barbares basanés prêts à surgir du téléviseur pour venir les égorger. Vendant leur dignité contre un quart d'heure de célébrité, d'autres sont disposés à offrir à l'antenne un gros plan sur leur couple en crise ou leur entrejambe.

Je reçois un texto d'Atika qui me suggère de regarder dans ma sacoche. Tendant la main au-dessus de mon poulet tandoori, je saisis le papier qu'elle a glissé entre ma trousse et le livre d'économie. « Tu vas te régaler », écrit-elle. L'article a paru le mois dernier dans *Nanas d'aujourd'hui*. Le titre, *Ma vie sans Jojo*, me donne déjà envie de me poiler.

« En début de semaine, à l'heure du thé, la perruche d'Oxana Kaslov a été incinérée par un vétérinaire réputé du quartier de l'Étoile. En larmes, le vase funéraire sous le bras, la comtesse s'est rendue à quelques rues de là chez son notaire. Déterminée, elle a fait modifier son testament et formulé le désir que ses cendres soient, à sa mort, mêlées à celles de l'oiseau chéri. L'ancien mannequin haute couture connu pour son allégresse et son sens de l'humour se cloître désormais dans son hôtel particulier de l'avenue Montaigne.

La dame refuse de parler à quiconque, hormis à sa femme de chambre. Soucieuse pour sa patronne, Léonie est parvenue à conduire un psychiatre auprès de la recluse. Tremblante d'émotion, Oxana Kaslov a indiqué au praticien le guéridon sur lequel trônait l'urne sertie d'or puis lui a montré les mouchoirs froissés, précieusement conservés, dans lesquels elle a pleuré la mort de Jojo ce jour maudit où elle l'a trouvé inerte dans sa cage. La comtesse a ensuite ouvert l'album-photo du perroquet. Jojo en laisse à la mer, Jojo endormi sur le sofa, Jojo vêtu d'un anorak rouge, Jojo mangeant ses graines... »

J'en taperais des mains. J'imagine la tête de l'illustre analyste face à la vieille bique russe. J'envoie un message à Atika pour lui faire savoir que j'ajoute sa coupure de presse à ma collection. Ma petite amie est étonnante, détonante, elle a le flair pour tomber sur des histoires sensass. Je raffole des frémissements de sa chair et de son esprit derrière ses airs de jeune fille sage. Elle me répond, qu'écrivant plus vite que mon ombre, je suis son Lucky Luke du SMS.

Je dessinerais un cœur en pissant sur le sable qu'Atika, comme maman, serait en admiration. Elles m'adorent, elles boivent mes paroles. Mes parents, fans inconditionnels, manquaient de s'étouffer dans une cascade de rires à chacun de mes bons mots d'enfant. Ils se rappellent avec plaisir que je disais « manger du hamster » à la place de « munster », « œil au Bernard » au lieu de « œil au beurre noir ». Leur amour pour leur fiston est absolu, je péterais dans une trompette qu'ils diraient que c'est du Mozart. Pour eux, je suis exceptionnel et le plus gentil du monde.

Moi je les vois tels qu'ils sont, faillibles, et je reste hermétique à leur nostalgie. Papa et maman croient me connaître, me comprendre, ils se leurrent. Ils feraient tout pour me protéger et m'éviter du chagrin, comme avec Toto le cochon d'Inde plusieurs fois ressuscité l'année de mes huit ans. Jamais ils ne pourraient concevoir que je me sois évertué à éliminer la bestiole. J'avais pourtant asphyxié le premier spécimen et empoisonné le deuxième. Les deux Toto suivants ont eu leurs entrailles dévastées après avoir bu de l'eau de Javel à l'entonnoir. Papa et maman, atteints de cécité sentimentale, n'y ont vu que du feu en découvrant les dépouilles successives.

Au lycée, les rebelles de pacotille qui traitent leurs parents de vieux schnocks me font autant pitié que ceux qui ne veulent pas couper le cordon. Conformistes en germe, ils reproduiront le schéma familial en perpétuant ambitions financières et étiquette politique. Bien sûr, je suis verni, j'évolue dans un milieu privilégié, loin des horreurs de cette terre, telle cette chômeuse espagnole qui a mis ses organes en vente pour subvenir aux besoins de ses gosses.

Les histoires atroces pullulent et un débat télévisé sur l'émancipation de la femme me remue encore. Une créatrice rendait hommage à son père qui n'a eu de cesse de lui inculquer qu'elle était maîtresse de son destin. Très tôt, il l'a incité à faire ses propres choix sans rendre de compte à qui que ce soit. À dix ans, elle était libre de ses sorties. Très émue, la jeune femme s'était interrompue avant d'ajouter, la voix brisée, que son père venait à la tombée de la nuit s'asseoir sur son lit pour lui raconter de jolies fables. Le vieux a souri avec attendrissement, l'animatrice aussi. La nana a expliqué que son paternel délaçait ensuite ses chaussures avec soin, et la violait. Chaque soir. Là, le salaud a tressauté, la présentatrice s'est affolée. La transmission a été interrompue.

J'ai eu droit aux voyages aux quatre coins du monde, mes parents ont trimbalé avec fierté leur blondinet de plage en plage, de sites archéologiques en restos typiques. La promiscuité du camping ou des colonies de vacances me sont inconnues. Papa et maman auraient préféré se faire couper un bras plutôt que ne pas m'emporter dans leurs valises. Souvent parmi les adultes, j'ai pu les examiner comme des pelotes de réjection en classe de sciences de la vie.

Leur veste enneigée de pellicules, certains mâles

enchaînent les reparties lamentables en se voulant drôles. D'autres flirtent avec le culturisme et la tentation de se transformer en bœufs. Pour avoir réalisé un trek à Montmartre, d'autres encore se sentent d'attaque pour gravir l'Everest. Les dames se croient délicates, mais se mouchent à faire trembler les murs avant d'inspecter leur kleenex. Un collègue de papa répète que son chat a fait une déprime et une pelade suite au décès de sa maîtresse. Siphonné, le veuf ne jure à présent que par le régime à base de fibres de carotte prisée par feu son épouse. Mistigri crevé, sa douleur redoublée, il croit voir des soucoupes volantes en sortant les poubelles. Affligeant.

Entre jeu du paraître et minableries, les adultes ne prêtent pas attention à l'enfant que je suis, si ce n'est après la diffusion d'un reportage sur les surdoués. Ils s'étonnent que malgré mon haut potentiel, je ne sois ni un virtuose du violon ni un génie des échecs. Discret mais aimable, je n'ai rien de commun avec un jeune prodige asocial. Nul mal-être apparent ne doit alerter mon entourage, et faire de moi un handicapé des autres. Je vois tout, j'entends tout. Les visages et les mots de la plupart des gens sont éloquents et les dévoilent, trahissant leurs émotions.

Ainsi j'ai remarqué les regards en coin de papa et maman, et cela ne me fait ni chaud ni froid. Je ne suis pas comme ce gars, dans le métro, qui racontait à son mec faire la gueule lorsqu'il entendait, la nuit, ses géniteurs s'accoupler. Très tôt, son paternel lui avait dit que l'outil qu'il avait entre les jambes ne servait pas à planter des patates. Il aurait des copines comme s'il en pleuvait, avait-il affirmé. Bien que fortement poumonnées, certaines n'auraient pas de cœur et le feraient lanterner. Son père s'était de toute évidence gouré sur ses penchants amoureux.

Je reçois un nouveau message d'Atika. Elle a hâte de me retrouver.

Je ne vaux rien. On a tort de m'aimer. Imaginer que mes parents, Atika et Mathias m'abandonneront quand ils se rendront compte de mon imposture me pétrifie. Alors je m'applique à ce qu'on ne me voit pas tel que je suis, sans intérêt, méchant et laid.

L'épisode du cordon bleu a aujourd'hui fait trembler le réfectoire. Jeanne et son appétit de vide-ordures ont défrayé la chronique. Comme il ne restait plus qu'une seule escalope panée suintant de fromage reconstitué, la vorace s'est précipitée vers l'assiette et a bousculé la prétendante au titre. Devant elle, l'élève disciplinée qui avait patiemment fait la queue s'est mise à crier. L'employé de cantine est intervenu, témoins et curieux se sont mêlés à la discussion, le chahut a commencé. Multirécidiviste des embrouilles, Jeanne risque le renvoi définitif à quelques jours du bac. Je suis cerné par des lobotomisés.

De retour chez moi, je croise Olivier au bas de notre immeuble. Venu à bout de l'épreuve de la lettre de motivation manuscrite qui a failli le rendre fou, il travaille à temps plein en tant qu'intérimaire. Homme à tout faire dans un hôtel, il change les ampoules défectueuses et vérifie la tuyauterie pour gagner sa croûte. Requinqué, il a envie d'aller narguer son père qui disait à qui voulait l'entendre qu'il était un cancre et ne réussirait jamais.

Olivier a passé le mois d'avril prostré chez lui à chialer, plongé dans les photos et les souvenirs de sa belle. Las, il n'en pouvait plus de creuser son canapé, il lui fallait s'occuper l'esprit. Dans un état fébrile, il a vécu ces journées comme des insomnies. Sanglots et tensions musculaires revenaient par intermittence pour lui tordre le ventre, il a cru que son organisme allait lâcher. Il a ressassé son histoire en long, en large et en travers, il a écouté des chansons qui font pisser de l'œil. *Unbreak my heart, Still loving you, Voilà c'est fini,* ont tourné non-stop. Il s'accusait d'avoir mis son amour en échec, il se reprochait de n'avoir pas montré à sa gonzesse qu'il était un homme actif et salarié avec lequel elle pouvait se projeter dans le futur.

Olivier est allé espionner Béthanie devant chez elle. Il la voyait partir à la fac le matin et balancer, sans les ouvrir, les enveloppes qu'il venait de lui déposer. Dès le premier jour, elle l'avait repéré dans le bistrot d'en face. Elle l'avait toisé depuis le trottoir avant de s'en aller. Le soir, il guettait son retour puis rentrait, bredouille, fusionner avec son canapé. Si l'appartement de sa dame lui était fermé, la fente de sa boîte aux lettres lui restait accessible et il l'a inondée de suppliques et de déclarations. Chaque jour, il récupérait son courrier dans la poubelle.

Olivier avait rassemblé, pour les confier à maman, des feuillets truffés de fautes d'orthographe et de gribouillages dignes d'un gosse. Ma mère a gentiment rappelé au bonhomme qu'il devait tirer un trait sur cette relation. Béthanie continuait sa vie, sans lui. Il devait se ressaisir et passer son chemin. Les joues mouillées, il est reparti en laissant un carton à chaussures, mausolée à son amour défunt. Je ne me suis pas gêné pour l'ouvrir et parcourir les épîtres de mon voisin. L'écriture et les croquis de demeuré... comment cet illettré a-t-il pu espérer reconquérir l'étudiante en master de droit ? À croire qu'il avait un aimant au derche, il n'avait cessé de revenir vers elle jusqu'à ce qu'elle se lasse d'éplucher son cœur et le jette comme une vieille chaussette.

Au plus mal, Olivier me faisait penser à la chanson de Renaud.

« Eh déconne pas Manu
Va pas t'tailler les veines [...]
T'as croisé cette nana
Qu'était faite pour personne [...]
T'as été un peu vite
Pour t'tatouer son prénom
À l'endroit où palpite
Ton grand cœur de grand con [...]
Elle est plus amoureuse
Manu faut qu'tu t'arraches... »

À force d'être encouragé à faire le deuil de la donzelle, le pauvre gars a perdu tout espoir. Il s'est résigné à n'être plus rien aux yeux de cette femme pour laquelle il s'était fait élaguer la saucisse. À présent, le gaillard se lève aux aurores pour prendre le premier métro et son poste. Il a balancé aux ordures les clichés de son ex et diverses reliques. Après une journée de travail à courir d'un étage à l'autre, il finit de se vider la tête sur son vélo d'appartement. Il pédale chaque soir devant une série américaine puis se couche, lessivé. Son chagrin va passer, lui a-t-on assuré.

Olivier a bientôt juré ne plus prononcer le prénom de l'infâme traîtresse. Ses grosses billes vertes qu'elle comparait à des calots d'émeraude ont fini par sécher. Il a vidé son frigo de ses réserves de bière car, comme dit l'animateur TV qui le fait marrer, son chagrin a appris à nager depuis le temps qu'il essaie de le noyer dans l'alcool. Il a repris contact avec ses copains, piteux de les avoir délaissé pour une démone dont il avait autant besoin que d'un clou dans la fesse. Il s'est réinscrit à la boxe thaïe et a ressorti les jeux vidéo mis sous clé par la cheftaine. Il a bazardé *La littérature française pour les nuls* et le Trivial Pursuit censés le cultiver alors qu'il ne jure que par « pierre-feuille-ciseaux ».

Olivier a assuré que plus personne ne le traînerait à une représentation de théâtre classique. Il a cru mourir de devoir lutter contre le sommeil qui engourdissait ses membres, tandis que se jouait *Cinna*. Il en a fini de se déguiser en pantalon à pinces et en chemise blanche, ou de retenir une pétarade à se choper une colique. Il a compris n'avoir été qu'un yo-yo pour Béthanie qui s'était amusée à le vamper. Parce qu'ils étaient allergiques à l'aspirine, qu'ils aimaient les mousses au café et les douches brûlantes, il avait cru qu'ils étaient faits l'un pour l'autre. Remonté à bloc, il était sûr de ne pas flancher si l'étudiante le relançait, mais elle n'a pas daigné se manifester, et Olivier s'est fait une raison. Plus tard, il rencontrerait la femme de sa vie, la bonne.

Olivier arbore un crâne rasé. Il a décrété vouloir renaître de ses cendres tel le phénix. En pleine régression, il redécouvre *Les mystérieuses cités d'or* de son enfance, vautré sur son canapé en position fœtale. Avec sa première paie, il s'est offert le coffret intégral du dessin animé dont j'entends le générique, quelle que soit l'heure, depuis ma chambre. Pris de passion pour les mythes précolombiens, il rôde à la section jeunesse de la médiathèque en quête d'infos.

Bouffon.

Olivier me fait penser au poulet qui continue de courir une fois décapité. De grande taille mais bas de plafond, il s'accroche à ses certitudes comme ce môme, au parc, qui soutenait que les gens du cinéma sont des super-héros. Selon lui, cameraman et perchman n'avaient rien à envier à Superman ou Spiderman. La baby-sitter avait eu le même sourire que maman les jours où Olivier vient prendre un café à la maison. Ma mère, qui sera probablement réincarnée en saint-bernard, rappelle alors papa à l'ordre pour qu'il se retienne de se gondoler sur sa chaise. Il a cependant failli s'étrangler quand le voisin a lâché que Picasso était une marque de bagnole, et confondu « La Walkyrie » avec « La vache qui rit ».

Bref, Olivier n'a pas la lumière à tous les étages, mais il va mieux. On n'entend plus parler de Béthanie. Il compte parmi les effectifs de Manpower et en a fini de se faire des nœuds au cerveau. Il s'est remis au graff et, tel un chien qui pisse pour marquer son territoire, repart avec ses potes à l'assaut de la ville pour y déposer son blaze en signe de convalescence. Aussi épais qu'un cure-dent, son pantalon manquant de dégringoler à ses pieds, Olivier a l'impression de sortir d'une grosse crève qui lui avait ramolli le bulbe.

Le cours de philo terminé, je pars rejoindre Atika. Derrière moi, la voix de roquet de Thibaut. Ce taré bougonne, il n'a que faire des grandes théories de croûtons morts depuis des plombes, tout cela n'est que du charabia, de la prise de tête. *« Contrairement à l'homme, la pierre n'a pas de conscience, avoir une conscience c'est donc de l'inconscience »*, glousse-t-il en ruminant sa bêtise et un chewing-gum. Monsieur Deutans l'observe derrière ses hublots. Blasé, il ne bronche pas. Je lis dans ses yeux de myope qu'il a abdiqué, il ne sera pas le professeur charismatique du *Cercle des poètes disparus*. Verbeux, secoué de tics, il n'a pas le cran de préparer l'agrégation qui le sauverait de lycéens qui, malgré l'enjeu des points au bac, frôlent le coma psychique.

Dire que j'ai su lire et écrire, seul, à quatre ans. Pour mettre mes parents sur la voie, j'ai ajouté « bonbons » à la liste sur le frigo. J'ai grimpé sur le marchepied et hop j'ai fait mon coming out cérébral. J'ai pris très tôt la mesure de ma supériorité et, pour ne pas être un surdoué souffre-douleur ou exhibé en animal de foire, je me suis fondu dans la masse. J'ai compris qu'il fallait passer inaperçu, ne pas convertir ma précocité en infirmité. Si j'ai tendu une perche à mes parents, bienveillants et prédisposés à se battre pour moi comme des lions, je ne sortirai pas du placard à la vue de tous. Être tenu pour trop singulier signerait la fin de ma tranquillité. Je veille à paraître inoffensif. Je me fais discret, insaisissable.

Gosse, j'ai dû apprendre à contenir mon verbe. Mon besoin impérieux de sens, mon esprit *chapeau de paille, paillasson, somnambule* charriait des questions en rafale, que j'ai refrénées. Sans repos, ma bouche-mitraillette m'aurait condamné. Les personnes complexes entraînent des rapports humains compliqués, je refuse d'être mon pire ennemi.

Atika m'attend devant le bahut. Aussi fine qu'un roseau, elle porte une robe turquoise et des bottines. D'habitude si souriante et pétillante, elle paraît nerveuse, elle a le visage fermé et tortille ses mains. Elle se précipite dans mes bras et reste un moment ainsi, sa joue contre mon torse. Les doigts entrelacés, on marche jusqu'à la gare Montparnasse. On entre dans une boulangerie pour s'acheter des pains au chocolat. Atika ne prononce pas un mot de tout le chemin. On se pose, comme à notre habitude, sur le banc du jardin Atlantique près de la fontaine.

Je me tourne face à Atika et plonge mes yeux dans les siens, elle s'effondre en larmes. *Aïe.* Je m'attends à ce qu'elle me fasse le coup de ces filles qui rompent en pleurnichant, parce qu'elles se sentent coupables de peiner l'autre. Atika bégaye, je ne comprends rien. Je lui tends un kleenex, elle essuie les bords perlés de ses cils. Elle pivote sur le côté et se mouche. Elle a peur d'être enceinte. Je reste scotché. Comme dans un cauchemar, j'aurais un enfant à treize ans. Mes oreilles bourdonnent. Atika m'explique qu'elle aurait dû avoir ses règles la semaine passée, elle a de petites crampes au bas-ventre depuis plusieurs jours, mais rien ne vient.

Atika est en panique, elle ne peut concevoir une telle catastrophe, moi non plus. Môme, après avoir fait la sieste tête-bêche avec un cousin, elle avait craint d'être enceinte puisque l'impensable était bien arrivé à la Vierge Marie. Bien que ses parents la croient chaste, toute vouée à ses études et à ses copines, cela fait quatre mois que nous avons une sexualité. Je suis le premier à l'avoir explorée, aucun gynécologue ne l'a jamais inspectée. Elle a acheté un test de grossesse mais n'a pas encore osé le faire, elle se ronge les sangs en espérant que coulera le sien. Je réfléchis à toute allure. Nous avons été prudents, jamais je n'ai oublié d'enfiler le capuchon de latex malgré l'emballement. Un bébé est impossible.

Rien ne sert d'attendre davantage pour aller pisser sur la bandelette, je l'accompagne aux toilettes du parc. Atika me laisse son sac et disparaît avec la boîte bleue. J'imagine l'annonce du fait divers au journal télévisé. Damien, treize ans, devient le plus jeune bachelier de France et père dans la foulée. La seule pensée d'engendrer me fait horreur. Mon existence ne peut être gâchée par celle d'un embryon.

En revanche, notre voisine roumaine devrait bientôt voir son rêve exaucé puisque sa cinquième fécondation in vitro a pris. Enceinte, elle en a fini d'aller s'agenouiller dans les églises. Le couple n'en peut plus d'attendre l'échographie du deuxième trimestre. Ils balisent. La mère n'est pas la perdrix de l'année et la trisomie 21 plane au-dessus d'eux telle une épée de Damoclès. Dans quelques jours, ils pourront voir gigoter leur fœtus d'environ vingt centimètres, ont-ils indiqué à maman.

Je reste convaincu que Joaquin est déjà à la tête d'une longue lignée. Ses voyages réguliers en Italie sont suspects. Comblée de se métamorphoser en éléphant de mer, Stella trimbale avec fierté son gros bide sans douter le moins du monde de la fidélité de son hidalgo. Son paquet comprimé dans ses jeans ne frétille forcément que pour elle, il ne peut avoir d'yeux que pour son nombril en expansion et ne songer qu'à honorer son temple, berceau de leur enfant à naître. Stella appartient à la race des autruches. Parce que

Joaquin lui ouvre les portes et lui offre des fleurs, elle considère être traitée en reine.

Atika tarde, les minutes me paraissent interminables. Imaginer ensemencer une femme, pour la voir ensuite bedonner avant l'éclosion de la larve, me donne envie de dégueuler mon pain au chocolat. Atika réapparaît, le visage détendu. La deuxième barre du bâtonnet ne s'est pas affichée. Le test est négatif. Ouf. Le stress du bac imminent aura sans doute décalé ses ragnagnas. Elle se voyait déjà en cloque, ratant ses exams et sa vie. Refusant d'avorter, elle aurait été prise au piège de l'intérieur, emmurée dans sa grossesse.

Elle me demande pardon, elle a été bête de s'affoler, de m'alarmer à tort. Je dépose de petits baisers sur ses joues. Elle s'accroche à mes lèvres et je sens sa poitrine contre mon torse, sa respiration qui se calme. Elle se rappelle avoir un article pour moi dans son sac. Elle me tend une feuille pliée en quatre. « Le podophile de la gare Saint-Lazare ».

Accusé d'avoir séquestré et agressé des touristes,

un type vient d'être écroué par le tribunal correctionnel de Paris. L'enquête avait débuté un an auparavant, au dépôt de plainte d'une Coréenne au commissariat du huitième arrondissement. L'étrangère ayant raté le dernier train, un inconnu lui a offert de l'héberger. Une fois dans son logement de La Ferté-sous-Jouarre, l'homme lui a proposé un massage des pieds, avant de s'exciter dessus et de laisser une empreinte génétique sur ses bas noirs. Le lendemain matin, le fétichiste gentleman a reconduit sa victime à la gare.

Les enquêteurs ont découvert qu'une Suissesse et deux Italiennes avaient subi les mêmes faits. Choquées, honteuses de n'avoir pas su réagir avec plus de vigueur, les proies sont retournées sans tarder dans leur pays respectif après avoir fourni les détails qui ont permis de confondre le détraqué. Visage grêlé, le prédateur assure que les femmes étaient consentantes. Il ajoute qu'il ne plaisante pas avec les pieds, sélectionnés suivant des critères précis. Les dames chaussées de talons aiguilles l'envoûtent tandis qu'il exècre celles aux ongles vernis, fuyant ces profanatrices qui osent peindre la nacre de leurs orteils. Il a des centaines de photos de panards enregistrées sur son téléphone portable. L'expertise psychiatrique est en cours.

Bof. Atika m'a habitué à mieux, la terre grouille de cinglés de ce genre. L'amateur de culottes usagées ou le collectionneur de sacs à crottes est banalement glauque. Atika hausse les épaules avec une moue navrée et récupère sa coupure de presse. Pour la distraire, je lui raconte l'émission sur laquelle je suis tombé hier. Je plante le décor et les protagonistes.

Camping de Palavas les flots, trois sœurs et leur mère exhibent avec fierté leurs orteils collés. Elles expliquent que cette particularité génétique se transmet aux femelles de la famille. Se faisant belle pour la soirée country, la divorcée d'âge mûr aimerait rencontrer un joyeux drille sachant boire avec modération. Elle porte le pantalon blanc prêté par son aînée et le gloss fuchsia de sa cadette. Hélas, aucun des célibataires alpagués dans la journée ne vient au rendez-vous, pas même Séraphin le cuisinier qui avait promis de faire un saut. Et pire, vêtue de son beau falzar immaculé, la quinqua s'est assise sur un steak égaré. La voix off de souligner que la vacancière jouait de malchance.

Atika se marre comme une clé à molette. Une idée en chassant une autre, elle a perdu de vue sa peur du bébé surprise, à croire que son cerveau ne peut supporter la cohabitation. Atika m'est devenue si familière que je sais la décoder. Ses regards et ses silences, comme le cheminement de ses pensées, sont pour moi comme les rouages apparents d'une montre. Atika garde cependant sa part de mystère, son étrangeté. Tandis que ses copines piaillent dans la cour du lycée, je l'observe perdue dans ses rêveries. J'aime la sentir à part, et ses airs tantôt espiègles tantôt mélancoliques me plaisent. Elle me fait vibrer, j'adore son humour et me souviens avec délice de son fou rire à la lecture d'un poème de Saint-Valentin.

« *Mon Amour, mon trésor, ma grosse vache à ressort. Je t'aime à la folie, comme une puce à l'agonie. Ton prénom est gravé dans mon cœur, comme la boue sur la roue d'un tracteur. »*

Pour ne pas la vexer, je lui avais épargné la fin véritable, plus trash, de cette déclaration. « *Mon cœur est accroché au tien, comme une merde au cul d'un chien.* »

Je rentre à la maison et trouve Stella dans notre salon. Les paupières bouffies, elle miaule à chaudes larmes en se tenant le ventre. Maman a le visage défait et ses yeux luisent, elle presse la main de la voisine dans la sienne. Ça sent la fin du monde, le cataclysme intergalactique à plein nez. J'intercepte, entre deux reniflements, les mots amniocentèse, nuque épaisse et handicap. Une véritable tragédie se joue dans notre salon.

Stella se mouche et reprend une grande inspiration, sa voix grave et sourde semble filtrer à travers un dense brouillard. Il lui a fallu patienter une décennie avant d'être enceinte, elle brûlait d'envie de donner naissance à un petit ange. Elle rêvait d'être sa mère, son amie, son professeur. Elle lui aurait appris le roumain en le couvrant d'une tonne d'amour. Avec ce bébé miracle, sa vie allait commencer. Lui faire risette, le voir grandir et s'épanouir, avait été son vœu le plus cher.

L'échographie du cinquième mois était censée leur révéler le sexe du rejeton, et pas qu'il était porteur du syndrome de Down. Tous les indicateurs concordants, l'obstétricien n'a eu aucune hésitation, seul le degré d'infirmité de l'enfant restait incertain. La voisine parle désormais au passé, le diagnostic prénatal a sonné le glas du bébé. La décision du couple est prise, irrévocable. À l'annonce de la grossesse, Stella et Joaquin avaient évoqué la possibilité d'une anomalie chromosomique ou génétique et avaient conclu, d'un commun accord, ne pas vouloir assumer la responsabilité d'un être physiquement ou mentalement déficient. Madame s'étant mise à enfler, ils avaient chassé de leur esprit le spectre d'une quelconque tare.

La sentence du professeur les a anéantis. Joaquin, décomposé, avait repris le volant sans prononcer un mot. De retour à son appartement, il a avalé des anxiolytiques avant de sombrer sur le lit. Stella est venue se réfugier chez nous, elle en bave.

Elle se sent évidée, démembrée, et redoute de devoir apprendre la nouvelle à ses proches. Secouée de sanglots, la libraire explique qu'elle doit subir une interruption médicale de grossesse. Elle accouchera d'un bébé mort, par injection létale dans le cordon ombilical. Je passe devant le salon et découvre ma mère, affligée.

La voix scandée de maman m'est insoutenable. Berçant Stella dans ses bras, elle lui susurre qu'il faudra cohabiter avec cette plaie béante au plus profond de sa chair. L'enfant demeurera à moitié vivant, la mère à demi morte. Désormais son cœur palpitera sous les décombres. Ma gorge se noue, mon estomac se tord. Les vers de Victor Hugo, au programme du bac de français de l'an dernier, résonnent en moi telle une migraine. « L'œil était dans la tombe et regardait Caïn ».

J'ai tué mon frère.

J'ai besoin de respirer, j'étouffe. J'avale plusieurs comprimés de décontractant musculaire, j'enfile mes chaussures, puis referme sans bruit la porte sur le deuil maternel. À chacun sa blessure. Je vais déambuler dans le quartier, pousser peut-être jusqu'à Châtelet. Je veux épuiser mon corps et ne plus penser, m'évader de mon cerveau, ne revenir à la maison que pour dormir d'une traite. Loin des foutaises sirupeuses servies par Disney, l'enfance achevée, on met vite le pied à l'étrier et la chute est rude. La vie ce n'est pas de la rigolade.

Nul ne voudrait de moi s'il savait à quel point je suis mauvais. Je suis un usurpateur.

Je marche au hasard des rues, consumé par le bourdonnement dans mon crâne. Je pose un pied devant l'autre, à ne plus pouvoir m'arrêter. J'aimerais que mes pas m'achèvent. Ma capuche sur la tête, je glisse en moi, m'avale et me dévore, aspiré par mon désordre psychique, errant dans mon labyrinthe intérieur. Je n'en peux plus de ces années qui, les unes après les autres, enfoncent plus profondément le pieu dans mon âme. Les brèches sur ma peau sont comme les stigmates de mon crime. Je n'aurais jamais dû voir le jour, il y a chez moi une erreur de câblage, je suis un accident de la nature.

Je slalome entre les immeubles et les voitures tel un zombie. Les klaxons et les phares hurlent en moi. Je croise mon reflet dans la vitrine d'une boutique, mes yeux sont des lueurs mortes. Tandis que mon épaule en cogne une autre, je me heurte à un grognement masculin. Je continue à avancer, sans un mot ni un regard. Avenue des Gobelins, un défilé de jets éblouissants me traverse, bus et voitures roulent dans ma direction et me donnent le vertige. Il suffirait de quelques pas sur le côté pour que je cesse d'être moi.

En état d'urgence, il me faudrait revêtir un gilet de sécurité fluorescent, j'aimerais qu'enfin l'on repère ma détresse. Ma cervelle est cramée. À chaque crise, quelque chose se casse en moi, je me désagrège. Je crois reconnaître mon prénom, je me retourne et scrute le flux d'anonymes. Des gens me dépassent avec indifférence, certains s'attardent une seconde sur mon air hagard. Je disjoncte. Les sédatifs ingérés en sortant de chez moi commencent à agir, je déconnecte un peu plus encore.

Je suis pourri du dedans, englué dans une insatisfaction et une incompétence affectives chroniques. Je gâche tout. Je vais perdre Atika, je le sens. Mathias, lui aussi, finira par me chasser de sa vie. Je me fissure de partout. J'aurais voulu ne pas grandir, demeurer un enfant blotti dans les bras de sa mère, retourner dans le ventre de maman. Je marche sans savoir où je vais. La peur panique de me retrouver seul remonte en moi, me submerge, m'engloutit. Je suis de nouveau le petit garçon qui, à l'heure de la sortie d'école, s'affolait à l'idée de ce qu'il allait devenir sans ses parents qui, un instant, échappaient à sa vue. Je déraille.

J'arrive sur le parvis de la gare de Lyon. Le jour commence à décliner. À bout de force, je me pose sur un banc à l'écart de l'entrée principale. Je plane depuis un moment lorsque je perçois des cris rauques. Un mec en costard, plaqué contre un mur, se fait dépouiller. Délesté du contenu de son portefeuille et de son smartphone, le type terrorisé se barre en titubant sous les insultes de ses agresseurs. Ils sont jeunes, l'un a une tignasse épaisse, l'autre a le scalp rasé avec une large balafre au coin de la lèvre. Ils se félicitent de leur butin avant d'aller pisser contre un vélo.

Comme si j'avais zappé sur un mauvais film, je replonge dans la ouate qui embrume mon esprit. Je ne sens pas les mains qui me tirent à elles et m'entraînent vers un renfoncement. Là, le silence et l'obscurité m'enveloppent davantage. Les sons alentour me bercent. Deux ombres tanguent devant moi, dans un bruissement de rires moqueurs. Les coups partent. Une décharge électrique me secoue. Une intense contracture dans la poitrine, telle une déflagration, me projette contre une porte métallique. Des doigts se faufilent sous mon tee-shirt tandis que d'autres s'insinuent dans les poches de mon pantalon, palpent mon portable, effleurent ma braguette.

Déployant les bras et ma rage, je relève le menton et pousse un long rugissement. Surpris de me voir soudain sortir de ma torpeur, les lascars hésitent quelques secondes, échangent un clin d'œil et poursuivent leur fouille. J'agrippe une masse de cheveux puis, pris de nausée au contact de cette touffe visqueuse, expédie le mec au sol. Il se relève dans un gémissement et, une grimace déformant son visage, s'élance sur moi. Je me baisse, ses poings s'écrasent sur un grillage. Je lui donne un uppercut au menton, il trébuche et hurle alors que j'appuie ma chaussure contre son épaule et le roue de coups. Se tordant de douleur, il se tient le ventre et tente de ramper vers la lumière. L'autre gars, qui jusque là observait la scène avec jubilation, s'approche de moi et repousse mon pied. Nous nous retrouvons seuls.

Les pupilles dilatées, éructant des insanités entrecoupées de râles et de soupirs, il presse sa carcasse décharnée contre la mienne. Une haleine fétide se répand de sa bouche ciselée. Les lèvres aux coutures irrégulières effleurent les miennes. Des bras osseux s'enroulent autour de ma taille, l'individu se frotte contre mes hanches en me demandant mon prénom. Le vacarme dans mon crâne se fait de plus en plus étourdissant. Je suis comme à côté de moi-même, en orbite. Le brouillard s'engouffre par chaque pore de ma peau.

Court-circuité de l'intérieur, je lui balance mon front et ma salive en pleine face. L'arcade sourcilière fendue, un filet rouge sur la paupière, le type se malaxe l'entrejambe et revient vers moi. Alors que je l'entends me dire que je le rends fou, que je sens son corps raidi contre ma cuisse, je perds totalement le contrôle de mon cerveau. Mes hurlements se mêlent aux siens. Mes ongles et mes dents s'enfoncent dans sa couenne. Les ténèbres en moi prennent le dessus. Je libère la bête tapie au fond de mon être et deviens ce monstre qui m'habite.

Mon cœur bat à jaillir de mon thorax, mes muscles tendus me brûlent. Je glisse dans un trou noir.

Avec l'impression d'être passé sous un rouleau compresseur, je reprends connaissance sur un banc, rue du Faubourg Saint-Martin. Les jointures des doigts ensanglantées, les membres endoloris, je distingue une silhouette masculine sur ma gauche. Je ne percute pas. J'ignore comment j'ai atterri là. L'éclairage des lampadaires me pique les yeux. J'ai mal de l'intérieur, comme si mes os étaient broyés. Dans un sursaut, en mode automatique, j'envoie un SMS à mes parents pour annoncer un retour tardif.

Une voix filtre à travers du coton. Les mots se chevauchent dans ma tête. Auréolé de boucles blondes, la trentaine, un homme me considère d'un air grave.

– Je m'appelle Nolan.

L'inconnu prend mes mains, les manipule avec délicatesse, en examine les écorchures. Il observe les contusions sur ma tempe, sur mon front. Son regard s'attarde sur ma chemise déchirée, maculée de sang. Il repère mes poignets lacérés et, après un temps où je l'entends respirer, replie ses manches et m'indique ses avant-bras, parcourus de stries.

– La vie peut être belle, murmure-t-il.

Je reste sans réaction. Il propose de m'acheter du désinfectant et des pansements. Je voudrais ne jamais quitter ce banc, m'y dissoudre et ne plus souffrir. Vidé de toute volonté, assommé, je m'en remets à cet étranger qui me saisit par le bras.

Me soutenant avec peine, il me mène à la pharmacie au coin de la rue, calant son allure sur la mienne. Face à l'enseigne lumineuse, je me cramponne à un poteau, je refuse de faire un pas de plus. Le clignotement de la grande croix verte, les clients en file indienne, tout m'agresse. Je me recule. Nolan hésite, se tourne à droite et à gauche en me retenant par les épaules, puis décide de me conduire chez lui. Son logement est situé à deux pas, au dernier étage d'un vieil immeuble. Un grand canapé avec des coussins colorés, des bougies et quelques gravures donnent une ambiance chaleureuse et feutrée.

Nolan me fait asseoir et m'indique qu'il vit avec sa copine, partie quelques jours à Londres. Il rapporte un coffret de la salle de bain et en sort un flacon dont il verse quelques gouttes sur une compresse avant de l'appliquer sur mes plaies. Ça pique. Le visage de l'homme arbore la même expression douce qu'avait maman lorsqu'elle soignait mes égratignures d'enfant.

Tout, ou presque, me revient en mémoire. L'impasse suintant des relents d'urine, l'amas de chair inerte et sanguinolent, déchiqueté par mes morsures, entaillé par mes griffes. Saisi de spasmes, suffocant, je me recroqueville dans une plainte à m'arracher la gorge. Nolan me redresse aussitôt, me bloque contre son torse, me berce dans un lent mouvement d'avant en arrière. Maman aussi faisait cela lorsque, petit garçon, je laissais exploser de brusques colères ou chagrins. Ses bras, en guise de camisole d'amour, m'apaisaient. Mon agitation dissoute dans les larmes, je m'endormais parfois sur son cœur.

Nolan murmure à mon oreille. Ses paroles, en un long flot ininterrompu, me tranquillisent. Mon corps se relâche, je suis épuisé, en pleurs. Il continue de parler tandis que je remonte peu à peu à la surface. Il est graphiste et engagé dans une association humanitaire, en couple depuis trois ans. Il a connu des années de tourmente, il pensait ne jamais guérir de son adolescence, mais il s'en est sorti. Ses cicatrices sur la peau sont celles d'une époque où il s'est cherché, les empreintes d'un désespoir qu'il a fini par surmonter.

Quelques minutes, ou des heures, s'écoulent ainsi. Cet inconnu qui m'a ramassé près de chez lui, m'enveloppe de mots, de bienveillance, me sert un thé chaud. Après avoir enregistré son numéro de téléphone sur mon portable, noté le mien, il me demande mon adresse. Puis on redescend dans la rue, il ne tarde pas à héler un taxi, à lui donner ma destination, à me mettre à l'arrière avec de quoi payer la course. Un billet de vingt euros dans la main, je le vois devenir de plus en plus petit dans la lunette du véhicule, jusqu'à disparaître.

Au bruit des clés, mes parents se lèvent du canapé. Un parfum de fleur d'oranger flotte dans l'appartement. Les poings enfoncés dans mes poches, je lance que je vais prendre une douche. Papa et maman m'attrapent au vol pour me faire une bise et se figent devant mon visage marqué de coups. J'invente un match fougueux de basket pendant la récré, une balle perdue et une escale à l'infirmerie du lycée. Pour montrer que je ne souffre pas, je cligne de l'œil et tire la langue. Puis je tourne le dos à papa et maman, moyennement rassurés. La porte de la salle de bain fermée, je retire la chemise prêtée par Nolan. La mienne, déchiquetée et souillée, a fini à la poubelle. Mon buste est couvert d'ecchymoses.

Les jours ont passés depuis mon naufrage à la gare de Lyon. Telle une nouvelle entaille sur ma peau, ce cauchemar éveillé m'a marqué au fer rouge. Je garde dans un coin de ma tête cet épisode à la fois flou et percutant, et le numéro de Nolan dans mon répertoire.

Le bac est dans quelques jours et je décrète la fin des simagrées d'Hubert Machin. Cet hypocondriaque qui flippe de choper un virus s'il entend tousser va avoir la chiasse du siècle. Il n'aura plus besoin de se purger avant longtemps. L'escroc du cinquième étage brigue la notoriété, il va être servi. Tous vont voir clair dans son jeu grâce aux pages de son journal intime scotchées dans l'entrée de l'immeuble. J'ai sélectionné les extraits les plus révélateurs de sa personnalité gangrenée. L'heure de gloire du vieux débris va sonner, la lecture publique de son carnet promet la fin de ses fourbes mises en scène pour paraître irréprochable.

Un verre à la main, je me poste à la fenêtre de ma chambre. Avec la sortie des écoles et des bureaux, c'est le retour de la plupart des locataires. Le couple du rez-de-chaussée approche puis, dans la foulée, le véhicule du gendarme du quatrième étage pénètre dans le parking. Je les imagine en train de lire les feuillets sur lesquels j'ai ajouté le nom de l'auteur et son numéro de téléphone. Les commentaires du dinosaure sur ses abrutis de voisins vont faire bondir les habitants de l'immeuble. Il explique qu'à trop fréquenter ces créatures dépourvues d'idéaux, il souffrirait de claustrophobie. Lui c'est un grand écrivain, la réincarnation gay de Don Juan.

Je descends dans le hall. Ce soir je dîne chez Mathias, nous devons réviser nos fiches sur la décolonisation. Je salue la concierge, partie faire ses courses durant mon affichage. Je fais mine de sortir. Elle me retient, déchaînée, le visage tellement rouge qu'on dirait qu'elle pousse. C'est une honte, vocifère-t-elle, estomaquée. Ça ne se passera pas comme ça, elle va en référer au syndic. Un individu de la sorte ne peut côtoyer d'honnêtes gens, il faut au plus vite l'écarter des familles et des enfants. Dolorès Boutboul interpelle le gendarme dès qu'il franchit la porte. Le retraité les a tous mystifiés avec sa courtoisie désuète et ses manières chics.

Monsieur Hérisson, ses clés à la main, inspire fort en lisant les divagations du locataire. Il ricane devant les lignes où Hubert Machin s'attarde sur ses manucures et ses fantasmes de prix littéraires. Quelle injustice de loger, note celui-ci, dans une chambre avec toilettes sur le palier alors qu'il mériterait un loft avec vue sur le Panthéon et boy à son service. Le gendarme fronce les sourcils à l'énumération des parfums dont Machin imprègne, en l'honneur des minets, les diverses parties de son corps avant une séance de culbute. Il se campe avec un regard noir devant les lettres d'anciens petits amis.

« *De notre histoire, ne subsistaient que des grincements de dents. J'ai eu tant de mal à étouffer ma nature, par peur de n'être pas conforme à tes désirs. Je ressens aujourd'hui une profonde indifférence à ton égard, rien de plus que le souvenir d'un mauvais rêve. Quel confort pour toi de calomnier tes ex en invoquant un prétendu syndrome du reniement, de la page tournée. Ta maîtrise du sabotage amoureux a fait son œuvre, tu es devenu pour moi l'ombre d'un fantôme. »*

« Je hais votre manière d'entrer par effraction dans ma vie. Cessez de harceler ces soi-disant renégats qui osent vivre sans vous. Loin de votre molle quenelle et de votre peau granuleuse de poulet. Loin de vos yeux baveux comme vous récitiez vos " je t'adore ", lorsque vous imploriez " tu l'aimes ton Hubert ? ". Mettez un terme à cette parade prémortuaire de relances. Stop à ces pleurnicheries de vieille dame délaissée. Soyez assuré que je n'irai même pas cracher sur votre tombe. Je connais votre âme aussi laide que votre visage, tandis que vous oubliez de porter un masque. Les vers attendent leur heure et se rient de vos rêves de gloire et de jeunesse. »

Olivier débarque au moment où monsieur Hérisson finit de lire à voix haute la lettre d'un certain Térence. Il jette un œil aux feuilles sur le mur. La concierge le presse d'en parcourir quelques passages après lui avoir expliqué de quoi il s'agit. Le gars se plonge dans la prose et éclate de rire. À péter plus haut que ses fesses, lance-t-il, le ringard va se faire un tour de rein. C'est à peine s'il ne fallait pas arroser le vieillard lyophilisé que la moindre brise risquait de désintégrer.

Olivier se campe devant moi en grognant. Il m'annonce qu'il récompensera Hubert Machin à la hauteur de ses prétentions littéraires. Ayant entendu parler de la « Merda d'Artista », il est résolu à lui offrir un remake du caca en boîte de l'artiste italien. Friand de flatteries, le génie incompris va recevoir les égards qu'il mérite, un étron en hommage à sa vie et son œuvre. Riche de son Q.I. de moineau, alchimiste des temps modernes, Olivier va réactualiser le mythe de la pierre philosophale et transformer sa merde en or. L'impunité du dépravé n'est plus.

Les brochettes de bœuf et le riz au safran sont savoureux. Mathias et moi avons la bouche pleine de compliments pour sa mère. Ravie, la maîtresse de maison apporte bientôt les sorbets à la cardamome. Roger s'enorgueillit d'être tombé sur une perle, toute dévouée au bien-être de ses enfants et de son homme. Véronique l'épate chaque jour. Il la félicite pour ce repas léger et raffiné, parfait pour ce mois de mai. La blonde rougit jusqu'aux oreilles, émue de cette déclaration.

Roger embrasse la paume de sa main et souffle dans la direction de son épouse, aux antipodes de celle qui l'a mise au monde. De nouveau, il ouvre les vannes. Il réembraye sur sa mère qui, ayant la bougeotte, n'avait cessé de le larguer pour courir le mâle. Madame n'avait pas eu davantage la fibre maternelle que sa grand-mère, avenante comme une porte de prison. Roger avait grandi avec le sentiment d'être un paquet dont personne ne voulait.

Bébé non désiré, il n'a jamais connu son père. Tantôt refourgué avec son baluchon chez les culs-terreux, tantôt récupéré par sa génitrice qui le couvrait de grandes promesses aussitôt trahies, Roger a dû apprivoiser l'abandon, son compagnon d'infortune. Sa mère avait les hommes dans le sang, et si peu son fils. Minot, il avait eu l'impression de faire du racket, de chercher à extorquer de l'attention. Sa tirade terminée, le bonhomme avale une grande bouffée d'air et une gorgée de vin.

Roger rapporte sa dernière visite à Georgette, mère de substitution contre son gré. Il recense les griefs de la carne contre les habitants de son patelin qui, lassés de lui pardonner ses crasses sous prétexte de son âge, la surnomment le coffre-fort. Et tous de prédire qu'elle avalera son acte de naissance sans avoir ouvert son porte-monnaie ou son cœur. Roger revient sur son enfance malheureuse à Mauzun, dans la maison de pierre froide. Il avait dû manger sans rechigner les conserves périmées stockées dans le cellier. Ce qui ne le tuerait pas le rendrait plus fort, répétait l'Auvergnate. Elle exigeait qu'il ne laisse pas une miette dans son assiette et devenait hystérique s'il dédaignait le jambon racorni, préalablement trempé dans de l'eau pour l'assouplir.

Le front plissé, Roger raconte que Georgette rôdait la nuit dans sa chambre pour vérifier que le garçon, frigorifié, n'avait pas rallumé le radiateur malgré ses interdictions. La rapiat avait placé une brique dans le réservoir des chiottes pour en réduire le débit.

Sourd comme un pot, le grand-père de Roger vit désormais comme un coq en pâte à la résidence des Noriets. Durant soixante ans, sa compagne avait martelé qu'il était un bon à rien, se cantonnant à son misérable poste de cheminot. À cause des marmots qu'il lui avait collés, elle s'était encroûtée. Sans lui, elle aurait pu devenir une grande ballerine et monter à Paris pour intégrer une troupe de renom. Elle avait commis une erreur monumentale en l'épousant, elle avait misé sur le mauvais cheval.

Des aides-soignantes s'occupent à présent de René, qu'elle appelle Riri de sa voix tranchante comme une lame de couteau. Son confort est assuré dans un cadre simple et coquet où il fait toujours bon, c'en est fini de grelotter. On lui sert trois repas équilibrés par jour, et même une collation sucrée pour le goûter. Sans un bonjour, la mégère déboule chaque samedi à l'heure du déjeuner. Un sachet de plastique à la main, elle prélève le morceau de viande ou de poisson du plateau du pensionnaire.

– À quoi bon gaspiller ? rouspète Georgette. Je te connais comme si je t'avais fait, tu as toujours eu peu d'appétit.

Et là, depuis le fauteuil face au lit, elle s'empiffre du dessert du résident, avant de repartir en serrant son butin contre elle.

René ne souffle mot. Ce tribut n'est pas cher payé pour sa liberté, il s'en tire à bon compte. Georgette restant à peine dix minutes, il en est quitte jusqu'à la semaine d'après. Sous la coupe de la patronne, le vioque n'avait pas été sympa avec Roger.

Il avait suivi les instructions, aucune incartade n'aurait été tolérée sous peine d'être moins bien traité que son petit-fils. Diminué, au seuil de la tombe, Riri inspire de la pitié à celui qui paie son gîte et son couvert. La tête dans ses mains, Roger respire par saccades. Sa femme le conduit sur le canapé où il se laisse choir contre sa poitrine. Mathias est dépité. Je lui souris en haussant les épaules, il se détend. On file dans sa chambre écouter de la musique.

Mathias balbutie des excuses, il ne s'attendait pas au monologue de Roger. Il me raconte leur récente conversation. Son beau-père lui a confié le chérir comme un fils. Mathias est l'ado qu'il aurait pu être s'il avait reçu de l'attention. Il les aime fort, sa fille, lui et leur mère. Roger ne cherchera jamais à remplacer son père, mais le lycéen peut compter sur lui. Il mesure la souffrance que Véronique et lui ont dû endurer, et avec laquelle ils doivent composer. La vie ne les a pas épargnés, ni lui ni eux. Je comprends que le loser geignard a pris du galon auprès de mon ami.

Ému, Mathias se rappelle leurs premières années

à trois sous le même toit. Sa mère pleurait beaucoup et sursautait dès que le téléphone sonnait. Malgré ses propres traumatismes, le type a su porter sa compagne à bout de bras, élever un môme qui n'était pas le sien. Mathias prend une grande inspiration puis plonge ses yeux rougis dans les miens. Je suis cloué à ma chaise, le souffle en suspens. Mathias est en détresse, dans un état de nervosité extrême, comme si une mécanique invisible le torturait en dedans. D'une voix soudain étouffée, il me révèle le drame qui a torpillé sa vie dix ans auparavant, drame auquel n'a pas survécu son père.

Mathias avait un petit frère. L'enfant a disparu un dimanche de printemps. C'était un après-midi comme tant d'autres, Mathias et son frangin jouaient au ballon dans le parc de leur quartier, sous la surveillance parentale. Et puis, en l'espace de quelques secondes, Lucas s'est volatilisé. L'instant d'avant il courait après la balle qui avait roulé sous un buisson. Craignant les véhicules, sa mère s'était aussitôt levée pour s'assurer que le petit ne franchissait pas les grilles. Lucas n'était plus là. En panique, son mari et elle ont cherché partout. D'autres adultes se sont joints à eux pour ratisser les aires de jeux, les pelouses et les recoins. Aucune trace de Lucas.

La disparition du garçon a rapidement été signalée au 17. Un agent de police a pris la déposition des parents en larmes et noté la description du gosse. Six ans, un mètre vingt, dix-neuf kilos, cheveux blonds, yeux marrons. Sa mère a remis la photo qu'elle gardait dans son portefeuille. Les riverains et les commerçants ont été interrogés. Personne n'a pu fournir d'éléments éclairants. Vêtu d'un blouson jaune, Lucas s'était évanoui dans la nature. L'alerte a été donnée dans les médias et le portrait de Lucas diffusé aussitôt. Ses parents ont, le soir même, collé des avis de recherche dans le quartier et ses environs.

Famille et amis ont vécu un calvaire. Tous savaient qu'au-delà de quarante-huit heures, les chances de retrouver un enfant disparu étaient minces, et quasi nulles passés huit jours. Enterrés vifs dans leur supplice, Mathias et ses parents ont continué d'espérer que Lucas revienne sain et sauf. Mois après mois, leurs proches souffraient avec eux. Avec le temps, certains n'ont plus osé leur parler du petit, soulagés et honteux de ne pas vivre leur cauchemar. D'autres se sont mis à prier pour le repos de son âme. Deux ans après l'épouvantable dimanche, le père de Mathias a mis fin aux tourments qui le dévoraient. Sa femme et son fils, de retour du marché, l'ont trouvé endormi pour toujours sur le lit de Lucas, entouré de peluches.

Le suicidé s'était efforcé d'imaginer une vie sans Lucas, de le savoir en paix, sans doute mort depuis longtemps. Saisi d'effroi, il s'était précipité vers une feuille de papier pour griffonner des adieux et des excuses, puis vers l'armoire à pharmacie avant d'enfouir son visage dans le petit oreiller. Mathias a enterré son père. Errant dans l'appartement parmi les fantômes des absents, la veuve et l'orphelin ne savaient plus s'ils se sentaient en vie ou non. Mathias redoutait que sa mère veuille elle aussi quitter ce monde.

À force d'antidépresseurs et de courage, la

survivante a refait surface et repris le travail. Luttant contre elle-même pour garder la tête hors de l'eau, elle a réorganisé un quotidien à deux, avec des sorties et des amusements. Famille et amis les ont entourés. Véronique a continué d'attendre un miracle, elle a pardonné à son mari d'avoir perdu foi, de s'être laissé happer par les affres du désespoir. Avant de cesser de croire au retour de leur cadet, il avait été le pilier sur lequel elle avait pu s'appuyer.

Plus tard, la jeune femme a rencontré Roger. Il est aussitôt tombé amoureux d'elle, ému par sa fragilité, par sa force aussi. Grand, costaud, pragmatique, il l'a aidée à retrouver ses marques, à renouer contact avec la réalité. D'une patience extrême, faisant doucement taire ses gémissements, il l'a apprivoisée et lui a permis de lâcher prise. Roger l'a acceptée tout entière, avec sa vie en miettes, son deuil, son fils.

Lucas et son père demeuraient présents sur les clichés accrochés çà et là, dans des coffres où albums-photos et vêtements étaient conservés comme des trésors. L'enfant reviendrait peut-être un jour. Le père, jamais.

Mathias en a fini de me déballer son histoire. Je suis parcouru de frissons. Je comprends ses défections répétées au lycée, justifiées par un certificat médical, et le silence dans lequel il se mure parfois. Il lui faut domestiquer sa douleur, ses rechutes. Comme sa mère qui l'avait gardé au chaud pendant neuf mois, Mathias porte son frère en lui à chaque instant. Je ne le quitte pas des yeux. Notre relation vient de franchir un cap crucial, il sait que nul n'apprendra par ma bouche ce qu'il m'a confié. Je ne trahirai pas notre amitié.

Je voudrais lui dire qui je suis, combien je suis fracassé, lui parler de Xavier, du mal qui me ronge, de ma rencontre avec Nolan. Je pose ma main sur son genou, il la couvre de la sienne. Il pousse un long soupir et se redresse pour mettre un CD dans la chaîne-hifi. Celui que les lycéens nomment l'autiste est à des années-lumière de leurs bobos de cœur ou de leurs colères d'enfants gâtés. Leurs cicatrices arborées fièrement durant les récréations sont d'un pathétique achevé. Mathias et moi sommes nos taillades, visibles ou non, profondes.

Mathias n'a plus son frère, j'ai tué le mien. Je cohabite avec ce secret qui me mouline la tête. J'ai été néfaste avant même d'avaler ma première bouffée d'oxygène.

Durant la grossesse de maman, Xavier a été pris au piège de mon cordon ombilical. À chaque échographie, mes parents tremblaient d'apprendre que leur enfant avait cessé de vivre. Ma mère a refusé l'intervention qui aurait pu délivrer le jumeau menacé d'asphyxie, ou le condamner et entraîner le décès de l'autre. Elle nous a maintenus dans son sein et, tandis qu'elles risquaient d'être le tombeau de mon frère, ses entrailles ont continué de me faire croître. J'ai partagé le ventre de ma mère avec cet autre que je tentais d'assassiner in utero.

Bébé rose et joufflu, je suis né en excellente santé. Xavier a vu le jour, chétif et grisâtre. Papa et maman ont chéri leurs deux garçons aussi fort qu'ils avaient craint de les perdre. Ils nous ont aimés chacun deux fois plus. Si j'étais le surdoué et Xavier l'attardé, nous étions en apparence identiques, le miroir l'un de l'autre.. De mon frère, s'il était mort avant de naître, il ne serait resté qu'un cliché et la plaque commémorative sous laquelle il reposerait.

J'ai noyé mon jumeau l'année de nos cinq ans. Sa vie durant, il aurait été le grain de sable dans ma chaussure. Penché par-dessus le bassin où il venait de tomber, voulant rattraper le jouet que j'y avais jeté, j'ai regardé son corps devenir flou et lointain. Sans se débattre, il a glissé vers le fond et s'est couché pour un long sommeil. J'ai observé les bulles d'air remonter à la surface. Je me suis vu étendu à la place de Xavier, me détacher de sa peau, flotter au-dessus de lui. Lui avait les yeux grands ouverts, et ne quittait pas mon regard. Il était celui de trop. Nous cessions d'être deux.

Nos parents m'ont trouvé ruisselant, prostré contre la pierre fraîche. Xavier gisait au fond d'un mètre d'eau. Blême, papa s'est précipité sur le corps inanimé. Maman a hurlé à faire s'ouvrir la terre sous nos pieds. Le ciel venait de les foudroyer, ils perdaient leur enfant. Malgré la douleur abyssale qui les submergeait, ils devaient faire face et m'accorder toute leur attention, leur amour multiplié par deux. Je ne me souviens de rien d'autre. Je suis ce monstre qui me dévore de l'intérieur.

Mes parents ont débordé d'égards pour leur rescapé, jamais ils n'ont supposé que je pouvais être responsable de la mort de Xavier. Je suis resté plusieurs jours muet, emmuré dans ma propre citadelle. Le psychologue a conclu à un état de stress post-traumatique et a recommandé la patience. Papa et maman se sont démenés pour me témoigner leur affection. J'ai fini par sortir de ma torpeur et reprendre le cours d'une vie normale à l'école et chez nous. Il me semblait que mon frère n'avait jamais vécu. Mes parents ont respecté mon silence et suivi les conseils du psy, persuadé que je parlerais du drame quand je serai prêt. Je n'ai jamais soufflé mot de ce qui s'était passé.

La maison de campagne a été vendue, jamais

plus nous n'avons remis les pieds dans ces lieux où, durant une poignée de secondes, mes parents n'avaient pas su protéger leurs fils. Souvent encore, leurs yeux se voilent. Moi je suis un roc, sans frangin ni chagrin. Je compte double. Deux fois plus brillant que nombre d'adultes, mon Q.I. dépasse haut la main le quotient intellectuel moyen des Français. Cependant, une chanson ringarde me lacère les tripes, me martèle le crâne à coup de rimes. Je dois, sous peine de m'écrouler, me débiner dès les premières paroles.

« Toi le frère que je n'ai jamais eu
Sais-tu si tu avais vécu
Ce que nous aurions fait ensemble [...]
Alors on n'se s'rait plus quittés
Comme des amis qui se ressemblent [...]
Mais tu n'es pas là
À qui la faute
Pas à mon père
Pas à ma mère... »

Je vis sans mon frère, mon jumeau, mon clone. Je suis amputé. Je me sens dissocié. Qui sait si Xavier n'était pas la meilleure partie de moi. Je ne fuis pas mon acte, il demeure enfoui en moi, tout le reste n'est que divertissement. J'ai commis l'irréparable. Il n'y a pas de *Ctrl Z* dans la vraie vie, rien ne s'efface et je ne guérirai pas de l'absence de Xavier. Mon châtiment c'est d'être moi. Sans lui, je me retrouve en enfer. Tout a un prix et je ne suis pas sûr de pouvoir payer celui de mes crimes.

Je viens de rompre avec Atika, pour lui faire mal, pour me punir. Elle aurait de toute façon fini par me quitter. Tous vont me rejeter lorsque ma noirceur leur éclatera à la figure. Pour continuer à les duper, je dois demeurer un bunker, blindé, impénétrable. Atika va s'effondrer en lisant le mail envoyé ce matin. Après un choc d'une telle magnitude, elle tentera de s'accrocher, me suppliera de la reprendre. Son amour, injecté d'angoisse, l'anime tout entière.

Je ne répondrai ni à ses appels ni à ses relances. Je ne veux pas flancher, j'en ai fini avec elle. J'ai vécu notre histoire à fond, depuis notre premier baiser. Atika ne pourrait m'offrir davantage, elle m'aurait rendu vulnérable, je refuse que le vernis craque. Bye bye mon exclusive, ma passionnée.

L'illustre Hubert Machin n'est plus des nôtres. Bon débarras. La gardienne en a informé les locataires au fur et à mesure de leur passage dans l'immeuble. Le pépère a laissé un courrier dans la loge de madame Boutboul. Il s'estime insulté, calomnié, on ne le traite pas avec le respect qui lui est dû. Il a été couvert d'infamie, et son paillasson d'ordures. Il a trouvé un coffret rempli d'excréments dans sa boîte aux lettres, mais il tait cet hommage fécal dans ses lignes d'adieu. Seuls Olivier et moi savons qu'il a dû frôler la syncope en découvrant ce qu'il croyait être du chocolat.

Deux types sont venus vider la studette du branquignol. Des cartons de livres et de fringues, un petit frigo, un matelas, une table et deux chaises pliantes ont été casés dans une fourgonnette. Les déménageurs avaient pour consigne de décharger ses biens chez sa sœur à la campagne. Le vieux crabe s'installe dans un meublé du vingtième arrondissement. Personne n'a déploré sa fuite, elle a fait rire autant que ses prétentions littéraires et amoureuses placardées sur les murs du hall d'entrée. Bientôt on n'a plus parlé de lui, il n'aura laissé derrière lui qu'une paire de Ray Ban contrefaite et un rouleau de PQ.

Le bac approche à toute vitesse. Mes parents, mes esclaves à vie, veillent à mon confort. Disposés à satisfaire le moindre de mes souhaits, ils se focalisent sur mon bien-être. J'ai droit à mes plats préférés et ils multiplient les escapades pour ne pas être dans mes pattes. Je gère à ma guise mes séances de tennis, mes dernières heures au bahut, mes loisirs et mon bachotage. Je suis imprégné d'une masse de données mûries, assimilées, digérées et prêtes à rejaillir dans de pertinentes copies. Je suis zen, je maîtrise le programme sur le bout des doigts et vise une moyenne frisant l'excellence. Si je n'ai pas mon bac, je ne sais pas qui l'aura.

Le lycée ferme ses portes la semaine prochaine. L'épreuve de philo aura lieu dans quinze jours. Les terminales sont en pleine révision, la pression monte. Le taux de stress a explosé d'un coup, même les glandeurs se sont mis au travail. Les filles se retrouvent à la bibliothèque pour revoir leurs cours et s'interroger à tour de rôle. Les gars se regroupent aux terrasses de cafés pour bosser les matières à gros coefficient. De retour chez eux, les aspirants bacheliers s'enferment dans leur chambre pour apprendre par cœur des citations et des dates.

Certains se penchent sur les annales des bacs précédents. Tous misent sur leurs sujets favoris et redoutent de tomber sur ceux qu'ils ont négligés. Ados sous hypnose, connectés sans relâche à la télévision et aux réseaux sociaux, ils luttent pour rester concentrés sur leurs manuels. Malgré les recettes antistress qui pullulent sur internet, beaucoup ont la boule au ventre et une impression de grosse fatigue. Avec la conscience de bientôt compter parmi des milliers de lycéens à en finir avec les études secondaires, ils mesurent l'étape décisive à franchir. Ensuite, ce sera l'université, une grande école, une bifurcation vers l'alternance, ou la condamnation à rempiler pour une année avec les actuels élèves de première.

Après le bahut, je traîne avec Mathias dans un square du quartier. Sur l'herbe, au soleil, on se plonge dans nos fiches de révision, sans un mot ou presque. J'ai rompu avec Atika voilà dix jours. Une impulsion. Ma décision de mettre un terme à notre relation l'a bouleversée, elle s'est pris la claque du siècle. Elle tente de se raccrocher à l'échéance du bac pour ne pas perdre pied. Elle voudrait ne plus avoir la sensation d'être déchiquetée de l'intérieur à chaque palpitation cardiaque. Dès qu'elle cesse de bûcher, elle fond en larmes. J'ai reçu des dizaines de textos, de mails, d'appels. Je fais la sourde oreille. Elle ne comprend plus rien, Mathias non plus, ni moi du reste.

La savoir au désespoir m'a excité un court instant, m'a rassuré. Mais Atika me manque, j'ai mal. Il serait si facile de lui prodiguer le remède qui mettrait un terme à sa torture, et à la mienne. Mathias ne me questionne pas sur notre rupture, mais est là si je souhaite en parler. Il demeure notre ami à tous deux.

Au contraire de Mathias, je fuis mon ex dans les couloirs du lycée. Elle n'ose plus m'approcher, m'observe de loin, prête à accourir au moindre sifflement.

Atika me laisse plusieurs messages par jour, mon répondeur résonne de ses mots tremblants. « Damien, je réalise combien ma vie était vide avant que tu ne la remplisses », m'a-t-elle écrit ce matin. Elle connaît mon emploi du temps et me guette, entre chaque cours, depuis un banc sous les arcades de pierre de la cour principale. Elle espère un signe, que je l'emmène à quelques rues prendre un verre au *Père Fecto* où nous avons échangé des centaines de baisers.

J'aime son besoin de moi, l'idée qu'elle soit en apnée depuis que nous sommes séparés. Dès nos débuts, sans cesse sur le fil du rasoir, son cœur a palpité au rythme de nos retrouvailles. Elle ne s'est sentie vibrer qu'à travers les moments vécus ensemble. Le souvenir de nos étreintes doit la consumer, la pensée de m'avoir perdu la rendre folle.

À l'opposé de notre histoire, les amis

toulousains de mes parents et leur vie lamentable. Nora torche son gosse en province alors qu'elle s'était imaginée chanteuse lyrique à l'Opéra de Paris. Avec une voix qui crisse comme des ongles sur un tableau noir, elle peut s'estimer heureuse d'avoir dégoté un mec. Elle a quitté sa ville natale pour que Norbert rejoigne la sienne.

Pour ne pas socialement handicaper leur fils, Nora a préféré renoncer à un prénom oriental. Elle a renié un peu plus chaque jour ses rêves et ses origines pour se conformer aux plans de son mari. Pour lui plaire, elle visionne avec lui les diffusions nocturnes de Formule 1 sur un écran aussi plat que leur quotidien. Elle devance ses désirs, il n'a qu'à jeter un œil à la salière pour qu'elle la lui tende, idem pour son verre vide qu'elle se hâte de remplir. Comme Norbert aime à s'en vanter, elle s'occupe de tout, lui du reste.

Pour Nora, roulée comme une bouteille d'Orangina, la taille 38 ne correspond plus qu'à une pointure de chaussures. Norbert écope avec elle de deux fois la mise de départ. On pourrait prendre sa femme pour son garde du corps. Elle fait du lard et a une moustache décolorée qui vire au fluo sur sa peau mate, lui est maigrichon. Norbert, bipède monolithique, est l'un de ces hommes qui mangent chaque matin son journal au petit déjeuner. Ils vivent côte à côte, tièdement, liés par un partenariat de non-solitude. Ils se sont habitués l'un à l'autre et cette routine est devenue un sentiment.

Leur couple me fait horreur. Pour eux, s'aimer c'est vouloir regarder dans la même direction afin de ne surtout pas se voir. Ces minus font l'impasse sur leur existence et se racontent des bobards pour gommer leurs frustrations. Je préfère crever plutôt que leur ressembler, je ne serai pas ce genre d'adultes. Je ne rognerai pas ma soif d'absolu pour leur condition de ver de terre. Je crache sur cette vie crasseuse, prévisible comme un encéphalogramme au point mort, où mariage et moutard servent de caution. Avec Atika, nous nous sommes aimés avec passion, sans demi-teintes.

Les résultats d'admission pour Sciences-Po

seront disponibles sous peu, juste avant ceux du bac. Ayant obtenu d'excellentes notes à l'écrit, je me suis senti à l'aise lors des oraux. Cependant, malgré les conseils des profs et ma présentation aux exams, je refuse d'être modelé en singe savant de la rue Saint-Guillaume, de me transformer en bête à concours. Je m'oppose au formatage. Je ne serai pas l'un de ces anciens de Buffon, venus se la jouer en début d'année dans nos classes pour vanter l'enseignement à l'Institut d'études politiques.

Gavés comme des oies, ils ont déversé un aperçu des connaissances acquises avec méthode et rigueur. Ils ont débité, telles des mécaniques bien huilées, des citations tirées du corpus d'auteurs imposés, rivalisant de théories pour sortir de la crise financière. À les entendre, ils méritaient les futurs postes clés de la République, et le prix Nobel d'économie. À force d'enfler, j'ai cru qu'ils allaient nous exploser à la tronche. Diplômés et remis du climat de compétition qui en aura fait craquer plus d'un, cires façonnées à l'identique, ils se reproduiront entre eux.

« Seuls les poissons morts nagent dans le courant », dit le proverbe chinois. Nous n'appartenons pas à la même espèce. Je suis voué à une autre existence. Je ne brigue pas les honneurs, ma voie royale sera celle que je me choisirai, sans esbroufe. Rien ne sert de se faire remarquer ou d'étaler sa culture comme on fait un numéro de claquettes.

À treize ans, j'ai le temps de tracer ma route, de peaufiner mon cursus. À défaut de comprendre le monde, je voudrais y trouver ma place. J'aimerais emprunter le chemin le plus simple pour être heureux, plutôt que le contraire. Je me sens inapte à la quiétude. J'ai du mal avec la vie.

Atika a-t-elle vocation à courir après la reconnaissance, est-elle une Nora en puissance ou saura-t-elle au fil des ans rester la belle personne qu'elle est aujourd'hui ? Je ne peux m'empêcher de songer à elle.

D'ici une poignée de jours, j'appartiendrai au clan des plus jeunes bacheliers de France. Je me demande parfois quel adulte je serai. Peu ne m'inspirent pas ou mépris ou indifférence. Aucun ne me donne envie de rejoindre son camp. Ceux qui tapaient du pied, et secouaient leur crinière au rythme d'Antisocial, écoutent désormais Vincent Delerm dans un état quasi végétatif. Leur crête ou crâne rasé a laissé place à une coiffure et existence disciplinées. D'autres se complaisent dans une interminable adolescence, et rêvent d'une machine à remonter le temps en ingurgitant des bonbons et les séries TV de leur jeunesse. C'est pitoyable. Je ne serai d'aucune de ces tribus-là.

Je n'ai plus la voix cristalline de ma petite enfance ni celle, rocailleuse, d'un homme des cavernes, mais je tâche d'être un bon garçon avec mes parents. Quand ma mère aura la beauté d'une fleur fanée et que mon père acceptera l'érosion de leur couple, ils se souviendront avec tendresse de notre vie à trois.

J'assure le service minimum. L'adolescence et mes devoirs justifient mes passages en coup de vent dans le salon comme mes éventuelles sautes d'humeur.

Il me suffit de vider mon assiette pour satisfaire les instincts nourriciers de maman. Papa est heureux lorsque je l'interroge sur sa journée de travail ou sur un événement politique. Je peux ensuite m'isoler dans ma chambre avec le sentiment du devoir accompli. Les repas en famille me tuent.

Notre voisine est à la dérive. Ses yeux sont cernés de tâches violettes à force de pleurer. Si elle ne stoppe pas cette énurésie lacrymale, elle va se noyer. Délestée de son bide rond, Stella engloutit son frigo pour remplir le gouffre laissé par l'interruption médicale de grossesse. Elle avait adoré se métamorphoser, mois après mois, en baleine à bosse. Elle s'était imaginé se consacrer jour et nuit à son enfant, lui enseigner la méthode Doman qui promettait d'apprendre à lire à un nourrisson. Tel le Namaqualand, cette plaine aride d'Afrique, elle a été fertile pour une courte période.

Stella ne peut oublier que son ventre a germé, elle se sent comme une maison désertée. Chaque femme enceinte croisée dans la rue remue une tronçonneuse dans sa plaie. Elle ne comprend pas que la terre continue de tourner, que d'autres soient heureux de vivre. Joaquin ne sait comment gérer la douleur de sa compagne ni la sienne, alors il évite d'y réfléchir et s'entraîne pour le championnat des blagues Carambar. « Pas de sushis à se faire » est devenu sa devise. Il fait le clown et souffle à Stella en pleine expansion que la cacahuète est l'ennemie de la belle gambette. Lui refuse de gonfler comme une outre, il restera élancé et gorgé de sève tel un vieil arbre centenaire.

Le dimanche, il offre à son inconsolable deux heures d'extase dans les allées d'Ikea. Prince charmant du périf, il enlève Stella sur son scooter blanc nacré pour l'emmener faire un tour. Les vibrations du 125 cm3 rappellent à la libraire combien Joaquin est romantique. Pour le remercier, elle lui prépare des lasagnes avec de la béchamel maison, car c'est un homme bien qui mérite une vraie sauce avec des grumeaux. Les boutons de sa robe manquent de lui exploser à la gueule, ses bourrelets en accordéon ne demandant qu'à jaillir dans une avalanche de cellulite, mais elle a l'impression que son chéri la regarde comme si elle était une déesse.

Avant de le rencontrer, Stella rageait à l'approche du matraquage publicitaire pour la Saint-Valentin. Elle mesure sa chance de ne plus devoir se contenter de plats en portion individuelle. À l'époque, ses parents lui parlaient avec inquiétude de cette cousine vieillissante condamnée à adopter un chaton pour avoir de l'affection. Ils l'avaient encouragée à partir en club de vacances pour harponner un célibataire. D'un coup de braguette magique, sept ans auparavant, dans une station balnéaire croate, Joaquin l'avait sauvée du néant sentimental.

Elle avait aménagé leur logement à l'image de ceux vus dans les reportages télé, son rêve devenait réalité. Elle a choyé Joaquin, lui préparant dîners aux chandelles et week-ends surprises, veillant à être toujours coquette et coquine. Après l'atroce avortement thérapeutique, le bonhomme lui a promis qu'ils seraient comme un couple de gibbons, unis pour la vie. Elle a en revanche fait une croix sur le serment de Joaquin de l'attendre devant l'autel si elle lui offrait un descendant. Jamais elle ne deviendrait mère ni son épouse légitime.

Je suis tombé hier sur Hubert Machin près de la Bibliothèque nationale de France. Le locataire, qui a pris quelques semaines plus tôt la poudre d'escampette, ruminait sa rancœur et son chewing-gum. Il ne se savait pas observé et affichait un œil mauvais, un air constipé et puant. Oubliant d'être en représentation, il avait ôté son masque de bouffon social. Des grimaces de contrariété animaient son visage de rictus, il écumait de rage, de la mousse au coin des lèvres. Avec son nez pointu et un menton fuyant, il ressemblait à un pélican déplumé. En fin de course, l'obsédé de la balance fait du gras. La peau flasque de ses bras pendouillait telles des ailes de chauve-souris, sa brioche débordait de son pantalon à carreaux.

L'ancien prof de grec sent le sapin à des kilomètres à la ronde, mais demeure convaincu de n'avoir pas pris une ride en trente ans. Il compte sur ses publications pour entrer dans la postérité, et sur ses prétendus beaux restes pour ne pas laisser sa vie amoureuse en friche. Mais ni son œuvre ni son charme ne casse trois pattes à un canard.

Il fait pénitence à la paroisse Sainte Rosalie, puis y lâche son venin après le prêchi-prêcha servi aux mémés du quartier. Le curé réputé friand de cancans s'insurge avec le pédé contre les mini-jupes ras la création. Comme s'ils jouaient une pièce de théâtre, ils se gargarisent de mondanités d'une voix précieuse en rivalisant de ragots. Lavé de ses péchés, le compteur remis à zéro, Machin s'en repart doté d'une virginité retrouvée. Et s'il n'est pas rongé par le remords, il le sera sous peu par la vermine.

Grotesque, fielleux, le bonze traîne de bus en bus telles ces vieilles chouettes qui viennent se planter devant un siège, le souffle court, pour qu'on leur cède la place. Assister au ballet de ces chairs pourrissantes me débecte. J'ai failli applaudir le jour où une fillette a demandé au pépé, qui l'avait fait se lever, s'il allait bientôt mourir. Sans la proximité de mes parents, le salaud en fuite m'aurait volontiers embarqué chez lui. Sans doute aurait-il rêvé être ce gourou qui vivait, avec ses adeptes en attente des extraterrestres prédits, dans un village aux maisons excentriques. Chauve, déguisé en schtroumpf, le pervers prônait les coucheries intergénérationnelles afin de transmettre son message céleste aux jeunes beautés.

Avec son immonde cadeau, Olivier a mis à l'amende celui qui en faisait des caisses pour paraître respectable. Il lui a donné le coup de grâce et se félicite d'avoir appris au vieux singe à faire la limace. Guéri de sa rupture, le gaillard suppose que Béthanie, experte en baratin, embobine un nouveau gogo en lui reservant les mots doux qu'il affectionnait. En voyant des amoureux dans la rue, Olivier hausse les épaules et se dit que les promesses n'engagent que ceux qui y croient. Il observe leur bonheur écœurant avant de détourner la tête. Un matin, je l'ai retrouvé confus devant un panneau publicitaire. Le slogan de l'agence de voyages déclarait : « on peut rater le grand amour, mais pas ses vacances. »

Avec Béthanie c'est de l'histoire ancienne, mais Olivier n'est pas prêt à effacer l'ardoise, il enrage d'avoir consenti à porter une laisse à enrouleur. Son ex s'était payé sa poire pour finir par le larguer en lui balançant, pour le consoler, un adage congolais : « quelle que soit la durée de la nuit, le soleil apparaîtra ». Il avait dû la regarder avec cette tronche d'ahuri qui le caractérise, sa langue pointant dans un coin de sa bouche comme s'il essayait de se lécher l'intérieur de la joue. Entouré de ses potes, occupé par sa nouvelle vie d'homme à tout faire, Olivier reprend du poil de la bête.

Voilà qu'à mon tour je ne suis pas dans mon assiette, je fais des cauchemars. Depuis plusieurs nuits, mon frère m'apparaît dans mon sommeil tel qu'il serait aujourd'hui, mon reflet dans le miroir. Copie conforme de moi-même, un cordon ombilical autour du cou, il essaie de parler mais aucun son ne sort de sa bouche ouverte. Ses yeux me transpercent et, comme le maboul croisé à Sainte-Anne, je répète « ce n'est pas ma faute » avant de me réveiller en sursaut.

Ce matin, j'ai mis un moment à émerger, à comprendre où je me trouvais. Le cerveau hors service, tout se mélangeait dans ma tête. En nage, je me suis remémoré les derniers mots échangés avec Atika, la veille de ma rupture. Ses « je t'aime » tendres et éperdus me sont revenus à l'esprit. Mon mail d'adieu a dû tomber comme un couperet, et chaque ligne la broyer. Atika ne s'en sort pas indemne, elle n'aurait jamais dû me côtoyer, ni m'aimer. Je suis toxique.

– Tu ne prends pas de parapluie ? questionne Dolorès Boutboul, sur le palier de sa loge.

Les gouttes de pluie de cette fin de mai lui donnent un prétexte pour converser avec les locataires. Mon téléphone vibre pour annoncer un texto, je le dégaine tel un revolver, sous le sourcil interrogateur de la commère. Nolan demande de mes nouvelles. Il propose de se voir bientôt. En un flash me revient la vision de ce corps laissé inerte au sol, dans un recoin de la gare de Lyon, puis la bienveillance et les soins de Nolan. Depuis notre rencontre, ce soir-là, nos discussions téléphoniques et sa sensibilité me font du bien. Nolan est devenu pour moi tel un phare à l'horizon.

– Non, je prends le métro.

Je relève mon col et fixe, en fronçant les sourcils, le duvet au-dessus de la lèvre supérieure de la gardienne. Elle rougit comme une langouste, me salue.

Je file retrouver Mathias. Son beau-père part cet été en déplacement professionnel à New York, il emmène sa petite tribu avec lui et m'a proposé de me joindre à eux. Papa et maman sont enchantés que j'aille à la découverte du Nouveau Monde, moi aussi. La journée, Roger sera au bureau et, tandis que sa femme occupera leur gamine, j'aurai le loisir de vadrouiller avec mon ami. Fou de joie, Mathias a acheté un guide sur la mégapole. Notre motivation pour perfectionner notre anglais a grimpé en flèche.

Alternant révisions et préparation de notre périple transatlantique, on passe avec exaltation de nos manuels aux forums de voyageurs sur le net. Le questionnaire d'accès sur le sol aux étoiles nous a fait marrer. Comme si un toxicomane allait cocher « oui » ou un terroriste révéler qu'il projetait de tuer le président. Côté douane, les fonctionnaires fouilleraient les bagages des Français pour s'assurer que pâtés ou fromages qui puent ne sont pas du voyage. Mathias et moi nous voyons tous les jours, bachotage et organisation de nos vacances américaines nous rapprochent davantage.

Mathias m'a raconté que son ex confondait passion avec hystérie. Toujours au taquet, elle lui filait le vertige à créer des disputes. Ombrageuse, elle n'était jamais contente, tout lui était dû. Elle était vite passée de décapante à crispante. Empêtrée dans ses caprices et ses colères, en larmes, elle finissait par lui sortir qu'elle lui péterait les genoux s'il la quittait. Elle le voulait captif de ses lubies, mais il a refusé de donner la patte et l'a lâchée deux mois après leur rencontre dans une file de cinéma.

Vexée comme un pou, la nana a cherché à s'approprier la rupture et lui a servi une addition salée. Il a eu droit aux menaces, aux insultes, aux couinements. Ne plus le voir lui fera des vacances, avait-elle lancé face à l'impassibilité de Mathias. Puis elle a lâché prise et s'est remise sur le pied de guerre. Apprêtée comme un samedi soir, tartinée de blush et de mascara effet faux cils, elle est repartie en chasse. Elle a disparu de la vie du lycéen avant que son beau-père n'ait eu l'occasion de saluer les tourteaux, selon l'une de ses expressions fétiches. Mathias a conclu que cette furie était à l'antipode d'Atika, il ne pige rien à mon comportement. Il sait Atika dévastée, il me devine en pleine confusion.

Une fois, une seule, Atika m'a fait une scène de jalousie. Apercevant un cheveu blond sur mon pull, elle s'était écartée pour ne plus détacher son regard du mien. Blême, l'œil brillant, elle se mordait les lèvres en se tortillant sur ses pieds endoloris. Toute la journée, perchée sur des talons hauts, elle avait misé sur une allure féline. Ses orteils comprimés dans des godasses neuves n'avaient pas plaidé en sa faveur. Elle m'a demandé d'une voix éteinte si je lui étais infidèle. Il me fallait l'apaiser. Je l'ai prise sur mes genoux, j'ai posé ma bouche contre son oreille. Je lui ai murmuré que Musset avait tort, que tous les hommes ne sont pas menteurs, inconstants, faux, que le monde n'est pas forcément un égout sans fond.

En fin d'après-midi, nous sommes allés écouter le Concerto pour violon de Tchaïkovski donné au salon d'honneur de l'Hôtel de Ville. Papa avait obtenu des places par l'intermédiaire de son comité d'entreprise. Hâlée comme un pain d'épices, Atika était splendide dans sa robe noire, en dépit de son léger boitillement. Elle captait l'intérêt des mâles mais n'y prêtait aucune attention, elle ne voyait que moi.

À nos débuts, je contenais nos caresses et nos baisers pour limiter les lendemains avec des crampes au bas ventre. Parcouru de frissons, je tenais Atika à distance. Elle ne saisissait rien aux bouillonnements de mon être qui brûlait de ne pouvoir la posséder. Elle observait avec tendresse la couleur de mes yeux qui variait du bleu au gris ardoise. Bien qu'impatient, j'ai attendu qu'elle se livre tout entière, par amour, et non par peur que je ne me lasse et la lourde. Désireuse de ne faire qu'un avec moi, elle a capitulé, convaincue et consentante.

De son propre chef, Atika m'a fait don de chaque parcelle de son corps. Lors de notre première fois, elle semblait rassurée comme un lapin devant les feux d'une voiture. J'étais aussi effrayé qu'elle. Après cette nuit de pirouettes débutantes, nous nous sommes endormis dans les bras l'un de l'autre, Atika se serrant fort contre moi. Garder le pied hors des draps a eu alors une saveur particulière.

Du jour où nous sommes devenus amants, elle s'est demandée si l'on se rendait compte, à sa tête ou à sa démarche, qu'elle avait fait la chose. Elle dresse un portrait presque caricatural de sa famille, mais elle sait que ni son paternel ne la zigouillerait ni sa mère ne la virerait de la maison à coups de serpillière en apprenant la perte de sa virginité. Cependant, sa hantise d'une grossesse égale celle de décevoir ses parents. S'ils comprenaient que leurs enfants s'amusent, il s'agissait au final de décrocher un emploi stable et de choisir un mari convenable ou une bonne épouse. Pour eux, il n'y avait point de salut hors du mariage.

Atika oscillait entre tendresse et agacement lorsqu'elle racontait son quotidien. Elle m'a rapporté que son frère aîné s'était fait passer un savon après avoir été surpris en train de fumer de l'herbe. Le piercing sur la langue de sa sœur découvert, celle-ci n'a été absoute de son égarement que le jour de ses fiançailles avec un ingénieur en informatique. Lors de la cérémonie, l'ancienne piercée baissait les yeux, cruche effarouchée et immaculée, rougissante et grimaçant de nervosité.

En quelques mois, Atika m'a écrit une cinquantaine de lettres. De les relire dans l'ordre chronologique, me donne l'impression de voir défiler notre histoire du jour où je l'ai repérée au centre de documentation jusqu'à notre séparation. Sorte de journal intime où elle a mis son cœur à nu, ses lignes à l'encre bleue ravivent ma mélancolie et mes sentiments.

J'aimais qu'elle me sniffe le cou après nos câlins. Elle disait se délecter de mon odeur, vouloir s'en imprégner. Elle me manque. Indisposée, telle la dame aux camélias arborant une fleur écarlate, elle portait une culotte rouge. J'étais fou de ses pudeurs, qu'elle ait envie de moi, de se frotter à moi. Nous étions affamés l'un de l'autre.

Dans les parcs, nous recherchions les coins

tranquilles pour nous embrasser à pleine bouche. Au cinéma, nous profitions de la pénombre pour laisser fureter nos doigts sous nos vêtements. Je garde un troublant souvenir d'une séance où, depuis la rangée du fond, nous avons succombé à notre désir et n'avons rien vu du film. Penser à elle au passé me vrille le cerveau. Si Dieu existe, il doit bien se moquer de moi. Je suis mon propre bourreau, une lame à double tranchant.

Je l'ai dans la peau, sa voix comme son parfum me hante. Pour mes treize ans, elle avait ri aux éclats, tandis que je n'arrivais pas à éteindre la bougie magique plantée sur le gâteau qu'elle m'avait préparé. Ses yeux pétillaient autant que la flamme qui se rallumait après que j'ai soufflé dessus. J'ai la mémoire pleine d'Atika. Je lutte contre l'envie de l'attendre en bas de chez elle et de l'attraper dans mes bras.

Nos balades d'hiver après une journée de cours, du lycée au pont des Arts, m'ont envoûté. Emmitouflés dans nos manteaux, agrippés l'un à l'autre, on terminait notre promenade devant la pyramide du

Louvre. Les baisers échangés sur les bancs de pierre de la cour Napoléon embrasent encore mon âme. Les façades illuminées à la tombée de la nuit, le froid, la chaleur d'Atika blottie contre moi, chacune de ces sensations résonne en moi comme une grenade à fragmentation. Mon corps entier en porte les éclats.

Je ne me sens plus moi-même. Je n'ai plus d'appétit, je dors mal, je me traîne. J'ai voulu entamer un nouveau classeur de faits divers, mais aucune tranche de vie aussi consternante de nullité soit-elle n'a su éveiller mon intérêt.

Voir Mathias me change les idées, je m'efforce de ne rien laisser transparaître, de me concentrer sur l'imminence du bac, de me raccrocher à notre futur voyage. Voyage qui va sceller notre amitié, marquer un tournant dans notre relation. Nous sommes devenus plus intimes, Mathias se dévoile par vagues, je baisse un peu la garde. Nos carapaces se fendillent.

L'épreuve de philo approche. Suivront celles d'histoire-géo, de langues, de sciences et de maths. Tiraillés entre stress et envie de profiter des beaux jours, certains sont sur le point de craquer. Ongles rongés et spéculations sur les sujets susceptibles de tomber sont de la partie. J'ai failli distribuer les coordonnées du maboul qui prétend lire, aussi bien que la mère de Stallone, l'avenir dans l'anus.

Cerné d'atrophiés du chou, je me prépare au coup d'envoi du bac. Ce diplôme sera mon passeport pour la liberté. Anonyme au milieu d'une foule d'étudiants, je deviendrai insoupçonnable.

« *Atika,*

Je pose quelques mots sur cette feuille qui, en guise de buvard, va absorber un magma d'émotions.

Tel le Comte Vronsky à Anna Karénine, je réponds à ton dernier message : "amis, nous ne le serons jamais, il n'y a qu'un seul bonheur possible entre nous".

Je t'aime, toi, celle que tu es.

Ton livre culte c'est "La nuit des enfants rois", ton film préféré "Will hunting", ta couleur fétiche le bleu canard, tu adores la tarte au citron, ta chanson number one c'est "Life on Mars", et tu pleures en écoutant "Ben" de Michael Jackson.

Tout ce que nous avons vécu ensemble reste gravé en moi.

Au Bambou, devant le Phô dont nous raffolons, encore troublé par "Le monde de Charlie" que nous venions de voir au ciné, j'ai su que tu ne serais pas un fantôme dans ma vie.

Je t'attendrai demain à quinze heures à l'angle de ta rue.

Damien. »

Atika a dû lire ma lettre. Il est quinze heures passées de quelques minutes. J-9 avant l'épreuve de philo.

J'approche la lame de rasoir de mon poignet gauche. Mes yeux me brûlent, mon crâne me lance, ma poitrine va exploser. J'ai l'impression d'entendre mes pulsations cardiaques. J'effleure ma peau, un sillon rouge se dessine. J'appuie plus fort, ma chair s'ouvre. J'enfonce la lame, le sang perle puis jaillit. Je me vide goutte à goutte du mal qui coule en moi. Mes jambes flageolent. Je me sens léger, libéré de ma forteresse de solitude.

Je suis le poison qui s'échappe de mes veines.

Les yeux remplis de larmes, je regarde le téléphone posé devant moi. Le temps me semble suspendu. La main dégoulinante, j'observe les tâches écarlates qui se forment sur le tapis de ma chambre. Dans un sursaut, telle une marionnette désarticulée, je saisis mon portable. Les lettres glissent sous mes doigts zébrés de rouge.

Au secours.

J'envoie le message à ma mère, et à Nolan.

Printed in Great Britain
by Amazon